蘭方医・宇津木新吾

潜伏

小杉健治

双葉文庫

目次

蘭方医・宇津木新吾 潜伏

第一章　七人殺し

一

さっきまで降っていた雨は上がったが、梅雨寒で、季節が逆戻りしたようだ。行き交うひとも寒そうに体を丸めている。

文政十一年（一八二八）五月、宇津木新吾《うつぎしんご》は常磐町《ときわ》二丁目にある『蘭方医幻宗《げんしゅう》』の施療院に向かうところだった。昼前までは実家の順庵《じゅんあん》の施療院で診察を行ってきた。ふつかに一度は昼過ぎから幻宗のところに通う。そんな暮らしがはじまってひと月が経った。

新吾が長崎《ながさき》遊学を終えて江戸に帰って来たのはこの二月。まだ三月《みつき》も経っていないが、長崎にいたのは遠い昔のことのようだ。

出島のオランダ屋敷や唐人屋敷、稲佐山《いなさやま》などが脳裏を掠め、長崎村にあるシーボルトの私塾『鳴滝塾《なるたきじゅく》』の家をなつかしく思いだしながら小名木川《おなぎ》に出た。

シーボルトは彫りの深い顔で眼光鋭く、口のまわりや頰《ほお》から顎《あご》にかけて立派な髭を生やしていた。三十そこそこだったが、新吾の目にはもっと年上に映った。

シーボルトは、ドイツ南部ヴュルツブルクの名門の家に生れ、ヴュルツブルク大学で内科・外科・産科の学位をとり、オランダ陸軍外科少佐に任官。その後、出島商館医として長崎にやって来たのだ。五年前の文政六年（一八二三）七月のことだった。

小名木川に沿って広がる海辺大工町《うみべだいく》の小商いの並ぶ通りを急いでいると、前方に人だかりがしていたので、新吾は足を緩めた。

南町の笹本康平《ささもとこうへい》という同心がいた。何かあったらしい。幻宗から金を盗もうとした一味の事件を通して、新吾は笹本康平と顔なじみになっていた。

遠巻きにしている野次馬の中に、患者のひとりを見つけ、

「何かあったのですか」

と、声をかけた。

「これは宇津木先生」

振り向いた商人の男が険しい顔つきのまま、

「下駄屋の夫婦が殺されていたんですよ。どうやら、野《の》うさぎの鉄二《てつじ》の仕業のようです」

と、痛ましげに言う。

「野うさぎの鉄二というと七人殺しの？」

先日、日本橋本町《にほんばしほんちょう》三丁目の醬油問屋の主人を殺害した疑いで捕まった男が取調べが続くうちに野うさぎの鉄二という異名を持つ博打打《ばくちう》ちだとわかった。すると、鉄二の三年間で未解決の事件を追及した結果、下谷広小路《したやひろこうじ》の古着屋の主人と大工の棟梁のふたりが殺された事件に関わっていたことが判明。さらに、これが出入りをしていた賭場の客が殺された事件についても白状。それだけで終わらなかった。水茶屋の女などの三人を殺害していた。野うさぎの鉄二は都合七人の殺しを認めた。

捕まったあとは、殊勝で吟味の場でも素直に尋問に答えていたが、それは猫をかぶっていたらしい。

一昨日、吟味与力の詮議を終えて奉行所から牢屋敷に戻る途中、護送にあたった同心を殺して脱走した。

「さっき、いつも朝の早い下駄屋の雨戸が開かないのを不審に思った近所の者が大家と訪れ、殺されている夫婦を見つけたってことです。まさか、こんなところに隠れていたなんて。物騒ですね」

「凶暴な男のようですからね」

「人間の血が流れているとは思えない。ひとを殺すことを何とも思っていません。ただ、奴は怪我をしているようです」

「怪我を？」

「ええ、さっき同心の旦那が言ってました。脱走するとき、手負いの同心が反撃に出て野うさぎの鉄二の脾腹《ひばら》を斬りつけたそうです。傷は深かったので、こんなほうまで逃げて来るとは思っていなかったということです」

商人は恐ろしそうに声を震わせた。

「下駄屋に押し入って休んでいたのでしょうか」

「そのようです。そんなに遠くには逃げられないので、どこかの家に潜り込んでいる可能性があるということでした」

「そうですか」

「ともかく、凶悪な男なので一刻も早く捕まえなければと、お役人は焦っていました」

「厄介なことになりましたね」

新吾は吐息を漏らした。

「おっといけない。こうしちゃいられない」

商人は新吾に会釈をし、急いで離れて行った。

新吾も野次馬の背中をすり抜けるようにしてその場を行き過ぎた。

小名木川にかかる高橋《たかばし》を渡り、常磐町二丁目の角を曲がった。

八百屋、惣菜屋、米屋など小商いの店が並ぶ通りが途切れ、さらに行くと、いかがわしい呑み屋や女郎を置いている切見世《きりみせ》が並んでいる一帯に出た。

狭い間口の二階家はまだ店は開いていない。切見世の『叶屋《かのう》』からあどけない顔の女が出てきた。

「お侍さま」

女が手を振って声をかけてきた。

新吾は小首を傾《かし》げた。

「まだ、よくならないんですか」

「えっ？」

「また、幻宗先生のところへ行くんでしょう」

「おはつさん？」

最初にこの前を通ったとき、襟首まで白粉《おしろい》を塗りたくった女に、幻宗の家をきいたことがある。その女はおはつと名乗ったのだ。

「ええ、おはつよ。お侍さん、いつか遊びにいらっしゃって」

おはつは明るい声で言う。

「どちらに?」

「そこのお稲荷さん。お侍さん、またね」

おはつは新吾を見送る。

新吾は二十二歳。凛《りん》とした姿。頬から顎にかけて鋭く尖ったような顔だちだが、涼しげな目許が全体の印象を爽《さわ》やかなものにしていた。仙台袴《せんだいばかま》で腰に愛刀の大和守安《やまとのかみやす》定《さだ》を差している新吾を、おはつは医者だとは気づいていなかった。

軽く手を上げて応じ、新吾は先を急いだ。

幻宗の施療院は大風に煽《あお》られたらたちまち倒れそうな平屋だ。建て増しをして横に広いが、軒下にぶらさがっている木札に『蘭方医幻宗』と書かれていなければ、施療院だとはわからない貧相な建屋だ。

だが、中に入って驚くのは土間にある履物の数だ。それだけの患者が大広間で診察を待っている。

年寄りや身なりの貧しい者が多く、中には商家の内儀ふうの女や商売人ふうの女がいる。

手あぶりが出されていたのも、きょうの肌寒さから手伝いのおしんが年寄りの患者のために気をきかせたのであろう。

小部屋で、白い筒袖の着物に裁《た》っ着《つ》け袴という動きやすい恰好に着替え、手を洗ってから療治部屋に行く。

部屋の前で一礼する。幻宗が診察をし、傍《かたわ》らで見習い医の棚橋三升《たなはしさんしょう》が助手を務めている。新吾は幻宗に向かって、

「よろしくお願いいたします」

と、頭を下げた。

幻宗はちらっと顔を向けただけだ。

浅黒い顔で、目が大きく鼻が高い。四十過ぎのような風格だが、実際はまだ三十六、七なのだ。

三升とおしんに目顔で挨拶《あいさつ》をし、幻宗の横の自分にあてがわれた場所に腰を下ろす。

患者の診察記録を見てから、おしんに目顔で頷《うなず》く。おしんが患者を呼ぶ。やって来たのはやせた四十二歳の安吉《やすきち》という男だ。元板前で、酒と博打で身を持ちくずした。

安吉が目の前にやってきたとき、酒臭かった。

「安吉さん。また、呑みましたね」

新吾は厳しい声で言う。

「へえ、ちょっとだけ」

いたずらを見つかったときのように、安吉は小さくなって答える。

「横になってください」

安吉は素直に仰向けになった。

新吾は着物を開いて指先で腹を押していく。うっと、安吉が唸った。

「痛みますか」

「ええ。自分でもしこりが大きくなっているのがわかります」

安吉は静かに言う。

「痛みは？」

「へえ。ときたま」

「そうですか」

胃に出来た腫物が確実に大きくなっている。

「先生。持ってどのくらいですかねえ」

世間話のような口調だ。

「何の話ですか」

「いやだな、先生。自分でも寿命が近づいていることがわかりますよ。毎晩、死神が現れますからね」

「それは安吉さんが呼んでいるからですよ。来たら、追い払ってしまいなさい」

「ちっとやそっとじゃ退散しませんよ」

「そんなことはありません。強い気持ちがあればきっと追い払えます。それには、まず酒をやめる。そして、おふささんに会うまではおまえの相手なんかしてやれないと死神にはっきり言うんです。さあ、もう起きていいですよ」

新吾は真顔で言う。

「おふさに会えるだろうか」

安吉は起き上がって言う。

「会えますよ、必ず。私も折りを見て、捜してみます。きっと見つかります。だから、強い気持ちで病気と闘うんです。酒を断つというのは病気と決然と闘うという姿勢の表れですからね。死神に隙を見せてはいけません」

「先生、いいひとだな」

安吉はにこりと笑った。

「じゃあ、いつものように薬を出しておきますから」

「いや、先生。薬はいい」

「えっ？」

「俺みてえなもんにはもったいねえ。もっと、役立つ人間のために残してやったらどうですか」

「安吉さんだって、そのひとりじゃないですか」

「先生」

安吉が何か言いかけてやめた。

「なんですか」

「いえ、ありがとうございました」

着物を整えて安吉は去って行った。

次にやって来たのははじめての患者だ。益次《ますじ》という遊び人ふうの男だ。

「どうしました？」

新吾がきく。

「なんだか頭が痛いんですよ。それに、腹も」

益次は口元を歪《ゆが》めて言う。おでこが広く、奥目だ。

新吾は額に手をやり、目を調べ、舌を診《み》た。その間、益次はにやにやしている。

「食欲は？」

「ありません」

「そうですか」

顔色も悪くない。病気を示す兆候はどこにもなかった。

「先生、どこが悪いんですかねえ」

「特に、悪いところは見当たりませんが」

「じゃあ、どうして痛いんですかえ」

「そうですね」

新吾が迷っていると、幻宗が声をかけた。

「こっちに来てもらおう」

「わかりました」

幻宗に応じてから、新吾は益次に声をかける。

「幻宗先生に診てもらってください」

「助かりましたぜ。若い先生じゃ、頼りねえすからね」

益次は大声で言い、幻宗の前に行った。幻宗はこの患者に不審を抱いたのかもしれない。うまく対処してくれるだろう。

おしんは次の患者を呼んだ。

診療を続けているうちに外は薄暗くなってきた。ようやく、最後の患者を送り出したあと、新吾は立ち上がって廊下に出た。

大きく伸びをする。診療を無事に終えたあとにこうやって伸びをするのは至福のときだった。冷たい庭の風が心地よい。

だが、ほっとしたのも束の間だった。

「新吾。急患だ。出かける」

背後で、幻宗が声をかけた。

「は、はい」

急病人の家まで出かけるようだ。休む間もなく、新吾は支度《したく》をした。

薬籠《やくろう》を持った見習い医師の三升とともに、幻宗について行く。

小名木川にかかる高橋を渡り、霊巌《れいがん》寺の前を過ぎる。

新吾が幻宗と出会ったのは、長崎遊学を終えて江戸に帰る前日に、権之助から幻宗宛ての手紙を託されたことがきっかけだった。

新吾は長崎の吉雄権之助《よしおごんのすけ》のもとで蘭語と医学を学んだ。

権之助の父が長崎通詞の吉雄耕牛《こうぎゅう》で、家塾『成秀館《せいしゅうかん》』を作り、蘭語と医学を教えた。多くの門人がおり、江戸蘭方医学の祖と言われた杉田玄白《すぎたげんぱく》もそのひとりである。

そして、幻宗もまた耕牛の私塾で修業を積んで来た人間だと、権之助から聞いている。

幻宗が十七歳で長崎に行ったときは、すでに吉雄耕牛は没しており、あとを継いだ耕牛の長男と権之助の指導を受けたようだ。

新吾の師である権之助のほうが幻宗より五、六歳は上のようだが、ふたりは親しかったことがわかる。

託された手紙を届けに幻宗を訪れた。そこで知った幻宗の施療院の実体に新吾は胆《きも》を潰した。汚い小屋のような建物に驚いたのではない。

新吾は富も名声も望まなかった。栄達《えいたつ》には興味がなかった。貧しい者から金をもらわず、富む者からもらい、それで施療院を運営していく。そんな医者を目指していた。

幻宗がそういう医者だと思ったが、驚くことにどの患者からも一切薬礼をとらなかった。富む者からもだ。貧富に拘《かか》わらず、すべて患者を無料で診察し、治療するのだ。

もうひとつ驚いたことがある。施療院で働いている医者や助手などの数が少ないことだ。これは、施療院としての実入りがないから手当が出せないからだ。だから、誰も働きたがらない。来ても、すぐに逃げ出してしまう。

これで、どうして施療院がやっていけるのか。おしんにきいたことがある。元気になった患者がなんでも手伝ってくれるという答えだった。治療の手伝いだけでなく、掃除や洗濯、それに食事の支度だってしてくれる。また、米や野菜など、食糧も持って来てくれるという。

薬礼が無料なだけでなく、病気をちゃんと治してくれる。患者は感謝の念を自分の出来る範囲内で表しているのだ。

しかし、患者から金をとらずにどうして施療院がやっていけるのか。せめて、金持ちからはとるべきではないか。

なぜ、富者から金をとらないのかと、幻宗にきいたことがある。それに対して幻宗はこう答えた。

「金を出したほうは、当然自分を優先的に診ろと主張する。当然だ。だが、わしは無料の患者より多額の薬礼を払うほうが優先するというやり方は好まん。富者からも金をもらわなければ、患者はみな対等だ」

幻宗の言葉に感動したものの、それで果して施療院がやっていけるのか。おしんがいうように、元の患者がいろいろ支えてくれるだろうが、それは微々たるものに違いない。

そのからくりは三升の言葉によってわかった。幻宗には金を出してくれる支援者がいるらしい。

だが、その支援者の名を誰も知らない。幻宗は言おうとしない。

そもそも幻宗とは何者なのか。

松江《まつえ》藩の藩医の家に生まれ、その才を認められて長崎へ遊学に出た。遊学を終えたあと、松江藩の江戸屋敷に住んだ。だが、七年前、突如、藩医をやめたという。藩主が病死している。幻宗が誤診したという。

その後、姿を晦《くら》まし、去年から深川《ふかがわ》で町医者になった。藩医をやめてから町医者になるまでの間、どこで何をしていたかは謎である。

そんなことを考えながら幻宗のあとについて、海辺《うみべ》橋の手前を右に折れ、仙台《せんだい》堀に沿って向かう。この辺りは伊勢崎《いせざき》町だ。

三人はずっと無言で歩いて来た。どこまで行くのかきこうとして、新吾は三升に顔を向けた。が、声を出すことが憚《はばか》られた。

新吾の気持ちを察したように、三升が顔を向け、もう少しだというように目顔で言う。果して、それほど行かないうちに、幻宗は長屋の木戸を入って行った。

路地に数人の男女が立っていた。

「あっ、幻宗先生」

中年の女が叫んで、家に入って行った。幻宗が来たことを知らせに行ったのだろう。

残った亭主らしい男が、

「先生、幹太《かんた》の野郎、急に腹が痛いと言って苦しみだして」

「よし」

幻宗は家に入った。新吾も続いて土間に入る。

ふとんに横たわった三十歳ぐらいの男が苦しそうに喘《あえ》いでいた。幹太だろう。幻宗は幹太の口元に顔を近づけた。口の中を見てから、胸をはだけ、腹部を押さえる。

「痛いのはここか」

「へえ、痛《い》てえ」

幹太は身をよじらせた。

「胸は?」

「大丈夫です」

「よし。今、すぐに楽になる」

幻宗は薬籠を引き寄せ、薬を調合し、三升に命じて病人に飲ませた。

「いつから苦しみ出したのだ？」

心配そうに顔を覗き込んでいた女にきいた。病人の妻女のようだ。

「夕方に酔っぱらって帰って来てから、しばらくして苦しみ出したんです」

薬を飲んで、幹太は落ち着いてきた。

「何を食べた？」

幻宗は幹太にきいた。

「へえ、どじょうです」

「どじょう？　どうしたんだ？」

「仕事先で馳走になったんです」

「腐っていたんだろう」

「なんでえ、脅かしやがって。食中《しょくあた》りか」

入口に立っていた男が顔をしかめた。

「この程度のことでよかった」

帰り支度をしながら、幻宗は言う。

「先生、ありがとうございました」

妻女が礼を言う。

「こんなことでお呼びして申し訳ありません」

幹太がか細い声で言う。

「こんなことでと言うが、手遅れになったらたいへんなことになる場合もある。まあ、よかった」

妻女が見送りに出て、

「先生。もしよろしければこれを持って行ってください」

と、大根を差し出した。

「気を使うな」

「でも」

「今度、もらう。それより、幹太は持病があるのだ。無茶をさせるな」

「はい。ありがとうございます」

長屋の人間に見送られて、木戸を出た。

「てっきり、心の臓の発作かと思いましたが、よかったですね」

三升が幻宗に言う。

「うむ」

「持病とは、心の臓が悪いのですか」

「以前に一度、心の臓の発作で倒れたことがあるんです」

「そうでしたか」

ずっと無言だったのは、心の臓の発作だと思っていたからのようだ。だから、新吾を誘ったのだろう。

だが、一目見て食中りを見抜き、適切な薬を調合した。あの薬はどのようなものなのか。そのことをきこうとしたとき、右手前方にあるしもた屋から年寄りが飛び出してきた。

「お助けを」

「どうした?」

「男が婆さんを人質にとって……。助けてください」

年寄りは泣きそうな声で訴えた。

「相手の要求は?」

幻宗がきく。

「それが怪我をしていて苦しそうでした」

「賊は怪我をしているのか」

あっと、新吾は声を上げた。

「野うさぎの鉄二というひと殺しかもしれません。昼間、町方が捜していました」

新吾が訴える。

「野うさぎの鉄二かなにかわからぬが、ともかく行ってみよう。そなたの名は？」

「へい。甚兵衛《じんべえ》です」

「よし、案内しろ」

幻宗が甚兵衛に言う。

「はい。こちらでございます」

新吾もあとに従った。

家に入る。商売をやめてだいぶ経つのだろう。土間には何もなかった。

物音がして、老婆が出て来た。

「男はどうした？」

甚兵衛がきく。

「向こうで苦しんでいます」

「上がらせてもらう」

幻宗は部屋に上がった。

奥の部屋に行くと、月代《さかやき》が伸び、不精髭を生やした男が腹を押さえて壁に寄り掛かり苦しそうに呻《うめ》いていた。傍らに、出刃包丁が落ちていた。

間違いない。役人たちが探索をしていた野うさぎの鉄二だ。

二

「お役人に知らせましょう」

新吾が部屋を出て行こうとすると。

「待て。手当てが先だ」

と、幻宗が引き止めた。

「怪我人を横にしろ」

幻宗の声に、新吾と三升はあわてて老婆からふとんを出してもらい、鉄二を仰向けに寝かせた。

新吾は家の中にある行灯《あんどん》すべてに灯を入れ、ふとんの周囲に置いた。

傷口を巻いていた晒《さら》しはどす黒く汚れていた。晒しが傷に付着して、はがすときに激痛が走るのか、鉄二は悲鳴を上げた。

傷が炎症を起こし、熱があった。早急の施術が必要だが、ここに施術道具はない。

「三升。道具と薬をとってこい」

針と糸、鎮痛薬、化膿止め、布などだ。

「はい」

三升があわただしく部屋を飛び出して行った。

「焼酎だ。それから、湯を沸かせ」

幻宗が叫ぶ。

新吾は甚兵衛から焼酎をもらい、老婆にお湯を沸かしてもらった。

新吾は焼酎を幻宗に届けた。

幻宗は乱暴に焼酎を傷口にかけた。ぎぇえと、鉄二が悲鳴を上げた。

「いいか。我慢しろ」

「一端《いっぱし》の悪《わる》ならこんな痛みで音を上げるな」

幻宗は叱りつける。

かなり傷口は広がっていた。

四半刻（三十分）後に、三升が風呂敷包を背負って戻ってきた。かなり急いだらしく完全に息が切れていた。

幻宗の縫合は素早く、まさに、神業だ。

施術が終わったのは五つ半（九時）過ぎだったから、ここに駆けつけてから一刻（二時間）ほどのことだった。

苦しそうな寝息だが、さっきよりははるかに楽そうだ。幻宗はしばらく様子を見ていたが、

「当分、動かすのは無理だ」

と、呟《つぶや》いた。

問題はこの家の主人夫婦だ。

幻宗は立ち上がり、別間にいる甚兵衛夫婦の前に座った。

「あの男は当分動かすことが出来ない」

「はい」

甚兵衛夫婦は頷いた。

「しばらく、ここで養生させるしかない。迷惑だろうが、ひとの命に関わることだ。そなたたち、どこか行く当てがあるか。なければ、わしの施療院でしばらく暮らしてもらいたい」

「いえ、私たちはここにおります」

お互いに顔を見合せてから、甚兵衛が答える。

「だが、あの男がいる」

「へえ、構いません」

「いいのか」

幻宗が念を押す。

「はい。婆さんとふたりで看病させていただきます」

「この男は……」

新吾は言いさした。

「はい。何人もひとを殺してきた男です。でも、あれでは何も出来ませんから」

甚兵衛は覚悟を見せて言う。

「動かせるようになったら、施療院に運ぶから、それまで我慢してくれ」

幻宗は言う。

「はい」

「それから、常に誰かが付き添っていたほうがいい。何があるかわからないのでな。今夜はわしが付き添う」

「先生がですか。では、私も」

新吾が言う。

「いや。そなたは家のこともあろう。帰るのだ。三升」

「そなたも施療院に戻れ。急患があるやもしれぬ。明日の朝、来てくれ」

「はい」

「わかりました」

幻宗を残し、新吾と三升は家を出た。

「野うさぎの鉄二って何人もひとを殺しているんでしょう。そんな人間のために、あそこまでするべきなのでしょうか」

三升が不満を口にした。

「私もそう思いました。でも、先生の施術する姿を見ていたら、先生の目にはひとりの患者でしかないんだと思いました。目の前に苦しんでいる人間がいる。その人間が金持ちだろうが貧乏人だろうが、善人だろうが悪人だろうが、関係ない。それが医者なのだと思いました」

新吾は素直な感想を述べた。

「しかし、あの男はたとえ命が助かったとしても獄門でしょう。いずれ、死に行く人間ではありませんか」

三升は納得しないように反撥した。

「私も三升さんとまったく同じことを思いました。捕まって獄門になるならまだしも、また逃亡して新たな犠牲者を出してしまう心配があります。そのことを考えたら、あの男を助ける意味があるのか」

「確かに、そうです。ひとりの悪人の命を助けたために、あらたな善人の命を奪うことになるかもしれない。そのとおりではありませんか」

三升はむきになった。

「でも、人間の値打ちによって治療をするかどうかを選ぶことになりますね。医者にとってはどんな患者も平等だという先生の考えは間違っていないと思います。いえ、私自身も十分に納得したわけではないんですが」

「よくわかりません。でも、私もよく考えてみます」

「では、ここで」

新吾は永代橋《えいたいばし》を渡って小舟町《こぶなちょう》に急いだ。

小舟町二丁目にある宇津木順庵の屋敷の勝手口から入る。屋敷の中は静まり返っていたが、義父の部屋から灯が漏れている。まだ、義父は起きているのだろうか。

その部屋の前を素通りしようとしたとき、

「新吾か」

と、中から声がした。

「はい」

新吾は応じた。

「ちょっと入れ」

また小言を食らうのかと覚悟をした。

義父は新吾に御目見《おめみえ》医師から御番《ごばん》医師になることを期待している。大名の藩医、あるいは町医師から有能なものが選ばれて公儀の御目見医師になることが出来る。御目見医師になれば、御番医師への道も開けるのだ。

だが、新吾は栄達に興味はなく、幻宗のように貧しいひとたちのために尽くす医師を目指した。そのことで、義父との関係はぎくしゃくしている。

ふつかに一度、幻宗のもとに通うということでなんとか折り合いをつけたが、ほんとうは毎日でも幻宗のもとに通いたいと思っている。

「失礼します」

声をかけて、新吾は襖を開けた。

順庵は難しい顔で待っていた。

「遅かったな」

「はい。急患がありまして」

新吾はおそるおそる答える。

「まあいい。漠泉《ばくせん》さまより使いが参った。明日の夜、お屋敷に来て欲しいとのことだ」

上島《うえしま》漠泉は表御番《おもてごばん》医師である。

表御番医師は江戸城表御殿に詰めて急病人に備えた。三十名いるうちのひとりが上島漠泉で、いずれ奥医師になるだろうと言われているらしい。

奥医師とは将軍や御台所、側室の診療を行う医師である。

「私ひとりですか」

「そうだ。そなたに話があるようだ」

「わかりました」

一瞬、香保《かほ》の顔が過《よぎ》った。

香保は漠泉の娘で、漠泉と順庵の間では、新吾に香保を娶《めと》らせることが決まっているらしい。

いっこうに進まない新吾と香保の仲をなんとかしようとしての呼出しに違いない。

順庵は、香保を嫁にすれば、漠泉の力で御目見医になれ、その後の栄達も保証されたも同然と喜んでいる。

だが、新吾はそのような結婚を望まなかった。そのことははっきり香保にも伝えてある。香保もわかってくれている。

新吾は七十俵五人扶持の御徒衆《おかちしゅう》、田川源之進《たがわげんのしん》の三男であった。いわゆる部屋住《へやずみ》で、家督は長兄が継ぎ、次兄は他の直参に養子に行った。

新吾は幼少のときより剣術と同様に学問好きであった。宇津木順庵に可愛がられ、乞われるようにして養子になった。そのころから蘭学に興味を持ちはじめていて、宇津木家に行けば、蘭学の勉強が出来るという期待もあった。事実、養父順庵は新吾を長崎に遊学させてくれたのである。

だが、実際の費用を出してくれたのは漠泉だったことが、江戸に帰ってわかった。ゆくゆく、娘の香保の婿になるゆえだ。

「新吾」

順庵が呼びかけた。

「はい」

「幻宗のところはどうだ？」

「はい。相変わらず、患者がたくさん押しかけております」

「そうであろうな。無料ではな」

順庵は冷笑を浮かべた。

「それだけではなく、親身な診断も患者さんに喜ばれております」

新吾は幻宗のために訴える。

「それにしても、どこから金が出ているのか不思議だ。あらぬ噂もあるからな」

「あらぬ噂？」

新吾は聞き咎めた。

「いや。そのことより、不穏な噂を耳にした」

「なんでございますか」

「本所《ほんじょ》・深川界隈の漢方医が幻宗を目の敵《かたき》にしているそうではないか」

本所・深川一帯の町医者は客をとられたことで幻宗を憎んでいる。ことに、幻宗が蘭方医ということもあって、本所・深川の漢方医がいきり立っている。何かと、幻宗の足を引っ張ろうとしている。その中心にいるのが本所回向院《えこういん》前の松木義丹《まつきぎたん》という御目見医師だ。

この二月、松木義丹が見放した旗本友納長四郎《とものうちちょうしろう》の子息の盲腸を幻宗が施術によって治した。このため、顔を潰された格好になった松木義丹は幻宗を逆恨みしている。

「何かと、いやがらせをしてくるやもしれぬ。気をつけることだ」

「わかりました」

新吾は順庵のもとを下がった。

その夜、ふとんに入っても、野うさぎの鉄二のことを考えて寝つけなかった。三升にはあのように言ったものの、幻宗の考えを新吾は心から受け入れたわけではない。

やはり、十人もの人間の命を奪った男ということがひっかかる。

獄門になることははっきりしているのだ。死ぬとわかっている人間でも、助けなければならないのか。


翌日未明、新吾は庭に出た。いつもなら、木刀を五百回振り、さらに真剣での素振りを二百回こなすのだが、きょうは早く切り上げた。

汗を拭いてから座敷に戻り、着替える。野うさぎの鉄二のことが気になった。ゆうべ、鉄二に付き添った幻宗の体も心配だった。

刀を持って、新吾は屋敷を飛び出した。

朝靄《あさもや》の町を足早に行く。納豆売りやあさり・しじみの棒手振《ぼてふ》りとすれ違う。

半刻（一時間）後に、新吾は伊勢崎町のしもた屋にやって来た。

甚兵衛夫婦にあいさつをし、奥に行くと、幻宗は壁に寄りかかって寝ていた。静かに、鉄二に近づく。

落ち着いた呼吸で寝ていた。

そっとその場を離れ、甚兵衛夫婦のところに行く。

「夜中、どうでしたか」

「あんなに苦しんでいたのが嘘のように寝ていました」

婆さんが言う。

「そうですか」

さすが、幻宗の処置は間違いないようだった。

「私は引き上げます。先生をあのままにしてあげてください」

「わかりました」

新吾はすぐに引き上げた。

その日は一日、順庵の家の診療を手伝った。

順庵の医院は金持ちを優先しているということで、貧しい患者は敬遠していた。だが、新吾は貧しい患者を中心に安い治療費で診てやった。少しずつ患者も増えてきたが、まだまだ敬遠されている。

貧しい患者が増えても実入りは少ないので、順庵は不服そうだったが、そのことを強くは言わなかった。自分と考えの違う新吾に対して寛大なのは、漠泉の助言があってのことらしい。

ふつかに一度、それも昼過ぎだけ幻宗のところに行くことを許したのも漠泉の勧めからだ。漠泉の真意がどこにあるのか、新吾には摑めない。

夕方になって、新吾は家を出た。

「漠泉さまによしなにな」

順庵はそう言って送り出した。

新吾は木挽《こびき》町にある上島漠泉の屋敷を訪れた。

大きな屋敷で立派な門構えである。施療院のほうの建物ではなく、母屋に向かった。

女中のおはるが案内する。

「どうぞ、お待ちかねでございます」

「では」

刀を腰から外して、新吾は部屋に上がった。

客間で待っていると、香保が入って来た。

「新吾さま、いらっしゃいませ」

三つ指をついた顔が笑っている。くるっとした目をじっと向けた。二十歳を越えた女の色香が漂っているが、まだ十七歳だ。

「何か、ついていますか」

新吾はどぎまぎしながらきく。

「いえ。ただ」

「ただ、なんですか」

「だいぶお医者さまらしいお顔つきになられたと思いまして」

「医者らしい顔？」

覚えず、顔に手をやる。また、くすりと香保は笑った。

「幻宗先生のところにお通いだそうですね」

「はい。ふつかに一度午《うま》の刻（午後〇時）過ぎだけ、幻宗先生のお手伝いをすることが出来ます。ほんとうは毎日でも幻宗先生のところに行きたいのですが」

新吾は正直に言う。

「そんなに幻宗先生がよろしいのですか」

「はい。私も幻宗先生のような医者になりたいと思っています」

「父や順庵さまがなぜ強引に反対なさらないかおわかりですか」

ときたま、香保はこのような言い方をする。そのたびに、新吾はいらっとくる。

「私の幻宗先生に対する思いを消せないと思ったのでしょう」

「まあ。好きな女子《おなご》のようですね」

「そんなんじゃありません。私は医師として幻宗先生を尊敬しているのです」

新吾は強調した。

「幻宗先生は患者さんからお金をとらないそうですね」

香保は幻宗の話題を続けた。

「貧しい者からだけでなく、お金持ちからもとりません」

「それに腕がいいんでしょう？」

「そうです」

「でしたら、患者さんはみな幻宗先生のところに行ってしまいますね」

「ええ、いつも混み合っています」

新吾は誇らしげに言う。

「でも、それでは他のお医者さんは困りますね。だって、患者はみな幻宗先生にとられてしまうわけですから」

「ええ、まあ」

「他のお医者さんは無料で治療したくたって出来ないでしょう。そんなことをしたら、やっていけませんもの。幻宗先生、ほんとうは大金持ちではないのかしら」

何不自由ない育ちの我がまま娘だとばかり思っていたが、鋭い指摘に新吾は戸惑った。

顔は笑っているが、心の内には激しいものが秘められている。そんな感じがした。

「幻宗先生のやっていることって、ほんとうにいいことなのかしら。長い目で見たら、どこかで歪みが出てこないかしら」

なおも香保は無邪気な様子で言う。

「みなさん、幻宗先生のところに行ったら他のお医者さんは泣くしかありませんね。でも、それで患者さんのためになるのかしら」

「……」

「だって、幻宗先生のお金だって無尽蔵ではないのでしょう。いつかお金がつきたらどうなるのかしら」

新吾もそのことは考えないでもなかった。

幻宗には支援者がいるのは間違いない。その支援者がいつまでも支援を続けて行くという確たるものはない。もし、幻宗の意に反して支援が止まってしまったら、たちまち施療院は立ち行かなくなる。

「私が気にしているのは治療は無料だということに馴れてしまった患者さんは、お金を出してまでお医者さまに行こうとはなさらなくなるのではないでしょうか」

新吾に返す言葉がなかった。

「新吾さまも、幻宗先生のように患者さんからお金をとらない医者になろうとなさっているのですか」

「……」

「それは理想ですけど、無理だと思います」

香保は断言するように言う。

「無理？」

「はい。ひとりの医者の力では限界があるということです。やはり、おかみのやる領分だと思います。小石川《こいしかわ》療養所を充実させるべきですわ」

単なるあばずれで能天気な娘だと思っていた香保が、まるで別人のように新吾を圧倒していた。

「小石川療養所の入所者は薬礼は無料で、食費もかからないそうですね。ひとりの力では所詮無理ではありませんか。父もそう申していたでしょう」

新吾は言い返す言葉が見出せなかった。

「さっきの質問の答えですが……」

香保が真顔になって言う。

「質問？」

「父や順庵さまがなぜ強引に反対なさらないか、という質問ですわ」

「だから、私の幻宗先生に対する思いを……」

「違うと思います」

「違う？　では、何なのですか」

新吾は香保の声を跳ね返すように言う。

「いま、私が申したようにいつか幻宗先生のやり方に、新吾さまは疑問を持つようになる。それまで待とうということではないでしょうか」

「ばかな」

「いえ。父も順庵さまも、新吾さまはいずれ目を覚ます。それまで待つという気持ちになっているんですよ」

「それはあなたの勝手な妄想だ」

新吾は反撥した。

「そうかしら」

香保は含み笑いをし、

「順庵先生は新吾さまが幻宗先生のところに行くとき、いやな顔をしますか。しませんでしょう。いっときの辛抱だと思っているからですよ」

確かに強く反対しないことを奇異に思っていたことは事実だ。

「あら、父が参りましたわ」

急に香保が言う。

そんな気配はなかった。

「父の話に期待をしてくださいな」

「期待？」

「はい」

香保はすました顔で頷いた。

やがて、襖が開いて、ほんとうに漠泉が顔を出した。新吾は香保の顔を見た。くすっと笑い、香保は部屋を出て行った。

漠泉は向かいに座った。細面の色白で、鼻が高く、唇が薄い。四十前後だ。いつも自信に満ちた表情をしている。

「待たせたな」

「いえ」

「じつは……」

漠泉が言いよどんだ。

おやっと思った。尊大な漠泉が困惑したような顔をしている。漠泉は再び、意を決したように顔を上げ、

「本来なら、順庵どのもいっしょに話を聞いてもらうべきなのだが……」

そう言って、またも躊躇《ためら》いを見せた。

よほどのことなのかと、新吾は思わず身を固くした。

「はっきり言おう。香保のことだ。わしは、そなたと香保を添わせたいと思っていた。順庵どのとはすでに話がついていた。だから、長崎遊学も応援させてもらった。ところが、あろうことか突然、香保が……」

漠泉は一呼吸置いてから、

「香保が、好きな男がいると言い出した」

と、吐き捨てるように言った。

「好きな男？」

「うむ。いままでそのような気振《けぶ》りを見せなかったが、その男のことが忘れられないという。こんな気持ちのまま新吾さまに嫁ぐことは出来ないと」

「そうですか」

香保と結婚することは、御目見医師から御番医師になることを約束されたようなものだ。だが、そのような形で栄達したいとは思わなかった。

そのような結婚はしたくないと、はっきり自分の思いを香保に伝え、結婚を破談にしてもらいたいと話したことがある。香保はかなり遊んでいるようであり、好きな男がいると思っていたので、お互いにとってよいことだという思いがあった。

香保も素直に応じてくれた。しかし、このように早く、香保がそのことを実践するとは思ってもいなかった。

「すまぬ。あのわがまま娘のために、そなたを翻弄してしまった。この通りだ」

漠泉が頭を下げた。

「とんでもない。お顔をおあげください」

新吾はあわてて言ったが、その声が自分でも震えているのがわかった。目の前が真っ白になっている。心の臓が絞めつけられるような痛みを感じた。

どうして、こんな気持ちになるのか。望んでいたとおりになったのだ。それなのに、心が弾まない。

破談の話を自分から切り出さず、香保から持ちださせたことに忸怩《じくじ》たる思いがあるのかと思ったが、それだけではなかった。

「新吾どの」

漠泉の声で我に返った。

「いかがした？」

「いえ、なんでもありません」

新吾はかぶりを振った。

「順庵どのにはわしから改めて正式に伝えておく」

「はい」

新吾の頭の中で何かが暴れている。混乱しているのだ。あれほど、香保に破談を迫ったくせに、激しい動揺に襲われた。

「あの……」

新吾は無意識のうちに口を開いていた。

「香保さまの好きな男とはどなたなのでしょうか」

「いや。話してくれぬ」

「そうですか」

「気になるのか」

「……」

「どうだ、酒でも呑むか」

「いえ……。いえ、きょうはこれで失礼いたします」

自分の心がどうなってしまったのか、新吾はうろたえている。早くひとりになりたかった。

「新吾どの。香保とのことがどうなろうと、わしはそなたには期待している。我が家の書物をいつでも見に来なさい」

漠泉の書斎には、西洋医学書や西洋の本草書の翻訳本などの書物が棚にびっしり並んでいた。

寛政年間に宇田川《うだがわ》玄随《げんずい》が訳した『西洋《せいよう》医言《いげん》』という和蘭対訳医学用語辞典、さらに養子の宇田川玄真《げんしん》が引き続いて翻訳した『西説内科撰要《せいようないかせんよう》』など、貴重な書物が揃っていた。

「ありがとうございます。では、失礼いたします」

新吾は立ち上がり、逃げるように部屋を出た。

三

雲が激しい勢いで風に流されていた。天気が変わるのか。漠泉の屋敷からいっきに京橋《きようばし》川までやって来た。

望んだとおりの結果になったではないか。それなのに、なぜ心が沈んで行くのか。胸に大きな穴が空いたようだ。虚しく風が吹き抜ける。

まっすぐ家に帰る気がしなかった。気がついたとき、足は深川に向かっていた。

永代橋を渡り、小名木川沿いの伊勢崎町にやってきていた。

甚兵衛の家に行くと、幻宗が野うさぎの鉄二の傷口に薬を塗り、布をあてがっていた。鉄二は目を開けていた。

「よし。これでいい。順調だ」

幻宗は満足そうに言う。

「強靭《きようじん》な体力の賜物《たまもの》だ。ふつうの人間なら助からなかったろう」

そばに来たのが、新吾だと気づいたのか、幻宗は言う。

それから、幻宗は顔を向けた。

「どうした？　何かあったのか」

「えっ？」

新吾はきき返す。

「うむ。そうか」

しばらく新吾の顔を見つめてから、幻宗はひとりで納得したように頷いた。

「先生。明け方まで私が付き添います」

新吾は言う。

「いや。いい」

「でも、先生はお疲れでしょうから」

「心に傷を受けたものに満足な治療は出来ぬ。早く、帰ることだ」

「……」

心に傷を受けたものと、幻宗ははっきりと言った。

「先生、私は……」

「よい。ひとは誰にも悩みのひとつやふたつはある。悩みのない人間なぞいない。ひとの顔は正直だ。なんでも教えてくれる。どれ、向こうへ行こう」

やおら、幻宗は立ち上がった。

「すまぬ。少し、休ませてもらう。半刻（一時間）で起きる」

幻宗は隣の部屋に向かった。

そこで、幻宗は畳にごろりと横になった。

「新吾」

肘枕をして目を閉じたまま、幻宗は呼んだ。

「はい」

「患者の前まで、己の心を持ち込んではならん。それでは患者と満足に向き合うことは出来ぬ。どんなに辛いことがあろうが、医者としてその場に臨んだら一切を断ち切るのだ」

一切の感情を捨てろということか。医者だって悩みや苦しみはある。当然ではないか。そう反論したかった。

まるで、新吾の心を読んだように、幻宗は続けた。

「目の前にいる病人、怪我人だけを見ろ。他のことは関係ない。医者にとってもっとも大事なのはたったひとつ。患者の命を助ける。それだけだ」

「……」

「悩み迷う人間に、十分な治療は出来ぬ」

新吾は言い返す言葉を失った。

幻宗からはもう寝息が聞こえていた。先生と声をかけたが、返事はなかった。新吾はそっと立ち上がった。

鉄二の枕元に座った。

自分の心にとらわれているから、患者の人間性のことを考えてしまうのかもしれない。今目の前に寝ているのは怪我人だ。この怪我人がどんな人間で何をしてきたかは関係ない。医者として怪我を治す。命を救うことに全力を尽くす。その他のことはいっさい関係ない。

自分が治療している患者が仮に親の仇であろうが命を助ける。それが医者なのだと、幻宗は言う。

香保のことがまだ頭の片隅から離れない。このようなことになるのは予想外のことだった。

香保に好きな男がいるというのはほんとうだろうか。最初、香保はかなり遊んでいて、付き合っている男もたくさんいると思っていた。

なかでも親しいのが吉弥《きちや》という男だ。そう信じていたが、吉弥は芸者だった。そのころから、香保への見方が変わってきた。だから、好きな男がいるとは思わなかったのだ。

なぜ、胸が苦しいのか。新吾は喘《あえ》いだ。

鉄二が唸《うな》った。顔を覗き込む。すぐに苦しそうな寝息は収まった。

まだ、熱はある。手拭いを桶の水につけて絞り、額に戻す。

背後で物音がした。半刻後にきっかり、幻宗が起きてきた。

「いたのか」

「はい。先生、まだお休みになっていてください。私が見ていますから」

新吾は幻宗の体を気づかった。

「いや。もういい」

幻宗は答える。

また、鉄二が唸った。いや、唸ったのではない。鉄二が口を開いたのだ。幻宗が顔を近づけた。

「どうした、苦しいのか」

「いや、そうじゃねえ」

鉄二が弱々しい声を出した。

「どうして、俺みてえなもんを助けたんだ？」

「そんなこと考える必要はない。元気になることだけを考えろ」

「元気になったら役人に突き出すんだろ。それじゃ、助かっても獄門だ。どうせ助けてくれるなら、そのまま逃がしてくれたらどうだ？」

鉄二は虫がいいことを言う。

「そうはいかぬ。おまえを逃がしたら、また誰かを殺すかもしれぬからな」

幻宗はぴしゃりと言う。

「だったら、俺を助ける意味なんてねえはずだ。死ぬことがわかっていながら、どうして無駄なことをするんだ？」

「獄門がわかっているから命を助うのだ」

「わけのわからねえことを言うな」

鉄二が顔をしかめたのがわかった。

「今死ねばおまえは悪人のまま死ぬことになる。だが、少しの間でも生きていたら、真人間になれるかもしれない。どうせ死ぬなら真人間になって死んでいくのだ」

幻宗が強い口調で言う。

「俺が真人間になれるわけはねえ。同じことだ」

鉄二は不貞腐《ふてくさ》れたように答えた。

「そんなことは治ってからだ。早く治すことだけを考えろ」

「死ぬことがわかっているのに、元気になれだなんて無茶を言うぜ」

鉄二は吐き捨てるように言う。

「さっきも言ったように真人間になれる機会を神仏がくれたのだ。自分がしてきたことを振り返ってみることだ。時間はたっぷりある」

「無駄なことよ」

苦しそうに、鉄二は呻《うめ》いた。

「俺のような化け物は死ななくちゃ治らねえ。いや、死んでも無理だ」

「そうあっさり見限るものではない」

「化け物のまま死のうが、真人間になって死のうが、変わりはねえ」

そう言って、鉄二は口元を歪めた。

「根っからの化け物はいない」

幻宗は怒ったように吐き捨てた。

新吾はふたりのやりとりを黙ってききながら、思いは香保に向いていた。

数日後の昼過ぎ、新吾は幻宗の施療院で患者を診ていた。

おかねという商家の大内儀は風邪の症状を示していた。診察はすぐ終わったが、嫁の悪口を言い出して、なかなか下がろうとしなかった。

「さあ、おかねさん。早く帰って体を休ませないと、治りがおそくなりますよ」

おしんがなだめて、やっとおかねはさがった。

年寄りの患者は自分の話を聞いてもらいたいらしい。そのぶん、診療時間がかかる。

いや、話しかけてくるのは年寄りだけではなかった。

次にやって来た安吉もそうだった。胃のしこりが大きくなり、施術でもとりきれないと幻宗は判断した。施術により体力を落とし、かえって死期を早めてしまう危険をえらぶより薬で痛みを抑え、一日でも長く生きてもらう。それしか出来なかった。

ただ、おふさに会わせてやりたいと思っている。

はじめて会ったとき、安吉は得意そうに昔の話をはじめた。その中で、おふさのことが出たのだ。

「自分で言うのも何だが、あっしは腕のいい板前だった。同じ料理屋の女中だったおふさと末を誓い合ったんでさ」

この日も、細くなった体をふらふらさせながら目の前に座るなり、同じ話をはじめたのだ。

「ところがわけあってふたりは離ればなれになっちまった。それから、会っていねえ。先生、おふさはどこにいるんだろうねえ」

「必ず、会えます。それを信じて。しっかり養生をして、また元のように板場に立ちましょう」

新吾は腹を触りながら、生きる気力を奮い立たせるように言う。

「先生。冗談はやめましょう。てめえの体のことはてめえが一番わかってまさあ。俺は、もう長くはねえ」

「自分のことは自分が一番わからないものです。しっかり養生をすれば、おふささんに会えますよ。安吉さんが働いていた料理屋はどこだったのですか」

「『梅川《うめかわ》』ってとこですよ」

「木挽《こびき》橋の近くにある、あの大きな料理屋ですか」

「へえ、先生、ご存じですか」

安吉は目を丸くした。

「いいえ、知っているというほどではありませんが」

漠泉がよく使っている料理屋だ。香保もよく座敷に上がっている。

「おふささんはそこの女中だったのですね」

「先生、まさか、『梅川』まで行くつもりじゃないでしょうね」

安吉が驚いたように言う。

「私に任せなさい」

「先生はほんとうにいいひとだ」

安吉は皮肉そうに口元を歪めた。

おふさを捜すというのは口先だけだと思っているようだ。

「必ず、おふささんを捜してみせます。だから、おふささんに会うまでに元気になっていましょう」

生きる気力があれば、それだけ生き長らえる。新吾は安吉を励ました。

だが、安吉は何も言わず、顔を歪めて引き下がった。

次に、おくにという老婆がやって来た。喘息《ぜんそく》の患者だ。

患者はひとりひとりまったく別だ。病気の種類も違えば、性格も、生きてきたようすも違う。

「最近、発作は？」

「夜中になるとちょっと苦しくなりますが、発作は起きていません」

「そうですね。呼吸も落ち着いています。もし、夜中に苦しくなったら遠慮せずにいらっしゃってください。もし、自分でこられないなら息子さんにここに来てもらってください。すぐ、誰かが伺いますから」

幻宗から言われているのは、夜中でも何かあれば駆けつけることを患者に伝えよということだ。安心感こそ、最大の薬だと、幻宗は言う。

「先生、ありがとうございました」

おくにが立ち上がったとき、突然、大広間のほうから怒鳴り声がし、悲鳴があがった。おくにがぴくっとした。

「ちょっと待ってください」

新吾はおくにに言って立ち上がった。

大広間に行くと、遊び人ふうの男が部屋の真ん中で大の字になっている。益次という男だ。

「どうしました？」

新吾は起こそうとした。だが、益次は踏ん張っている。

「ここで横になられたら、他の方に迷惑です。さあ、起きてください」

「目が回って起きちゃいられねえ」

益次が呻くように言う。

「目が回るか」

いつの間にか、幻宗がやって来た。

「よし。目が回るのを治すツボを押してやろう」

幻宗は倒れている男の腕を摑み、親指で強く押した。

「痛《いて》え」

悲鳴を上げて、益次は飛び起きた。

「どうだ、治ったか」

「やい、痛えじゃねえか」

「威勢がいいな。目が回るのは治ったか。だったら、おとなしくしていなさい」

「やい、俺は患者だ。ここは患者に対してそんな態度をとるのか。いくら、薬礼をとらねえからって、そんな横暴があるか」

益次は大声を張り上げた。周囲の患者が後ろに離れた。

「静かにしなさい」

「じゃあ、俺から先に診てくれ」

「やい、おめえたち」

「なんだと。よし、じゃあ、ここにいる者たちにきく。やい、おめえたち」

大広間にいる患者たちはさらに後退った。

「俺が先に診てもらうのに反対の奴、出てこい」

壁際に座っていた侍がやおら立ち上がった。

「わしは反対だ。順番を守っていただこう」

裁っ着け袴を穿いた四十代後半と思える陽に焼けた顔の武士が、益次の前に立った。

それを見て、幻宗は療治部屋に戻った。新吾も療治部屋に戻ろうかどうしようかと迷いながら、成り行きを見守った。

「お侍さんひとりだけで、他のひとから反対の声はあがらねえ」

「おまえが威《おど》すからだ」

「け、何を言いやがる。俺は何もしちゃいねえぜ」

「そうか。だったら、もうおとなくしておれ」

「へえ、冗談じゃねえ。おれは目眩《めまい》がして立っていられねえほどなんだ。先に診てもらってどこか悪い」

「それにしてはずいぶん元気だな」

新吾は武士が、二度ほど見かけた男だと気がついた。饅頭笠《まんじゆうがさ》をかぶっていたので、はじめて顔を見るが、間宮林蔵《まみやりんぞう》というひとだ。樺太《からふと》を探索したということでも有名だ。林蔵は患者として来ているのか。新吾の知る限りでは二度ほどここの近くで見かけたが、患者のようには思えなかった。

「ほんとうに目眩がしておるのか」

「なんだと。俺が仮病だというのか」

「そうではないのか」

「お侍さま」

隅のほうから目付きの鋭い男が立ち上がった。はじめて見る顔だ。初診の患者か。

「このひとの言うように、ほんとうに具合が悪そうでしたぜ」

「なんだ、おまえは？　この男の仲間か」

「違いますよ」

「そうか。ならば、今はどうだ？　順番が待てないほど、具合が悪そうか」

間宮林蔵は口元に冷笑を浮かべた。

「ええ、さっきよりはよさそうですが、でも」

「でも、なんだ？　立ち上がって、こうやってわめいている男が具合悪く見えるのか」

「へい」

「そうか。では、そなたはどこが悪くてここに来た？　まさか、この男と同じ、目眩がするとでも申すのではないだろうな」

「いえ、そうじゃありません」

「もういい。おとなしく待て。それとも、ここで暴れてこいと、誰かに頼まれてやってきたのか」

「……」

「どうした？　返事がないな。俺がいたんで、当てが外れたか。それとも、外に出るか」

林蔵は威した。

「いえ」

あとからしゃしゃり出た男は元の場所に下がった。益次も渋々その場に腰を下ろした。

新吾は療治部屋に戻った。

何人目かに、武次《たけじ》という男が新吾の前にやって来た。さっき、あとから立ち上がった男だ。

顎の下に切り傷があった。

「どうしました？」

「食欲がないんですよ」

武次が答える。

「いつからですか」

「この二、三日です」

脈も平常だ。どこも悪いところはない。益次と同じだ。仲間だと思った。大広間で暴れるつもりだったが、間宮林蔵がいたので計算が狂ったのかもしれない。

「どこも異常はないようです。おそらく気持ちの問題でしょう」

「気持ちの問題だって」

武次が声を高めた。

「具合が悪くてやって来てみれば、診断の結果はひと言。気持ちの問題で済ましてしまうんですかえ」

「今度はあなたですか」

新吾は冷たく言う。

「さっき、大広間で騒いだ益次さんを覚えていますか」

「なに?」

「それが、なんですかえ」

「知り合いではないんですか」

「どうして知り合いなんでえ」

武次は顔をしかめた。

「いや、知り合いでなければいいんです」

「いや、よか、ありません。先生、端《はな》から、先生はあっしらみてえな人間を蔑《さげす》んでいる」

「あなたは自分に恥じていないのでしょうか」

「恥じる? 聞き捨てになりませんぜ」

「そうですか。申し訳ありませんが、あとにしていただけませんか。診療が終わったら、あなたのお話をお聞きします」

「待っている時間はないんですよ」

「益次さんもじき終わるでしょう」

益次は今、幻宗の前に進んだ。

「益次って男とは関係ねえ」

「御目見医師の松木義丹先生をご存じですか」

「……」

「ご存じのようですね」

「知らねえ」

「では、他の漢方医の先生は？」

「知るわけねえでしょう」

「そうですか」

「なぜ、そんな話をするんですかえ」

「どうもここの施療院を信用していないようなので、漢方医の先生のほうに通ったほうがいいのではないかと思ったのです」

「なんだと？」

武次は片膝《かたひざ》を立てた。

「幻宗先生。この患者さんに別の治療を試みたいのですが、よろしいでしょうか」

「止むを得ん」

幻宗が承諾した。

「この野郎。ふざけやがって」

いきなり、武次が胸ぐらに摑みかかった。

新吾は座ったまま、武次の手首を摑んでひねる。顔をしかめただけで、武次は声を上げなかった。あまりの痛さに悲鳴が上げられなかったのだろう。

「さあ、向こうで手当てをしましょう」

新吾は立ち上がり、武次を引っ張り上げた。

うっと唸っただけで、武次は廊下に出た。療治部屋から見えない場所に移動してから、

「誰に頼まれた?」

と、新吾はきいた。

「知らねえ」

「じゃあ、何をしにここに来たのだ?」

「……」

「言わないか」

新吾は腕をさらにねじ上げた。

「痛え。やめろ」

「では、言うんだ」

「言う。言うから放してくれ」

新吾は力を緩めた。

「さあ」

「暴れて患者を怖がらせるためだ」

「益次も仲間だな」

「そうだ」

「命じたのは松木義丹か」

「……」

「そうなんだな」

「手を放しくれ」

「よし。もう二度とここに近づくな。益次を連れて引き上げろ」

新吾は強い口調で言い、武次の手首を放した。

しばらく腕をさすっていたが、顔を歪めて大広間にとって返した。やがて、益次とふたり、土間を出て行った。

最後の患者の診察を終え、幻宗に目をやると、間宮林蔵と対峙していた。ふたりとも厳しい顔つきだ。友好的な関係ではないことが見てとれる。

やがてふたりは立ち上がり、場所を移動した。

「間宮さまとはどういうご関係なのですか」

新吾は三升にきいた。

「わかりません。先生は何も仰《おつしや》いませんから」

「あまり歓迎していないようですね」

「ええ。先生は迷惑そうです」

間宮林蔵は樺太を探索した探検家という知識しかなかった。

「先生に何かを頼んでいるような気がしますね」

林蔵の依頼を、幻宗は迷惑がっている。

それほど時間が経たず、幻宗が戻って来た。

「先生、間宮さまは?」

「お帰りになった」

「最近、頻繁に訪ねてみえますが、先生に何を?」

「なんでもない。気にするな」

幻宗は突き放すように言い、顔をそむけた。それ以上はきけなかった。

四

翌日の夕方、新吾は上島漠泉の屋敷にやって来た。

そこでまた迷った末に思い切って格子戸を開け、出て来た女中のおはるに香保を呼んでもらった。

香保はすぐに出て来た。

「新吾さま。どうなさいましたか。お礼?」

顔を見るなり、香保は笑みを湛《たた》えながら言う。縁談解消は香保にはまったく何の影響も与えていないようだ。

胸が張りさけそうになったことを気取られたくなく、新吾は毅然《きぜん》としてきき返す。

「お礼って?」

「いやですわ。縁談解消を私のほうから言い出したではありませんか。そのお礼かと思ったのですけど、違ったのかしら」

平然として言う香保がうらめしい。親が一方的に決めたのだとしても、許嫁《いいなずけ》となった仲なのだ。それが破談という形で終わるのだ。少しぐらい、寂しい気持ちになってもいいのではないか。

「香保どの。確かに、私から頼んだことです。ですが、少し早すぎます。ひと言、断って欲しかったと思います」

「あらまあ」

香保は目を丸くする。

「私は新吾さまによかれと思ってしたのですよ。新吾さまの好きな御方のためにも早い方がよいと……」

「あなたは好きな男のために、あんなことを言ったのでしょう。それを、私のためだと言うのはずるいと思います」

「ずるい？」

「そうです。それから、以前にも申しました。私にそんな女子はおりません」

新吾は憤然と言う。

「……」

香保の口元から微笑みが消えた。

八つ当たりをして、香保を怒らせてしまったか。新吾はあわてて、

「きょうは別のお願いがあって参りました」

と、口にした。

「なにかしら?」

香保は真顔になる。

「料理屋の『梅川』の女将《おかみ》さんにお訊ねしたいことがあるんです。女将さんに引き合わせていただけませんか。お願いです」

新吾は頭を下げた。

「どんな御用かしら」

「人捜しです」

「わかりました。ご一緒しましょう」

「えっ。そこまでしていただかなくとも。ただ、私が香保どのの知り合いだと女将に言うことを承知していただければ」

「いいえ。どうせ、いま暇ですから。少々、お待ちください」

香保は奥に行き、すぐ戻って来た。

「さあ、参りましょうか」

香保はさっさと格子戸の外に出て行った。

木挽橋の近くにある『梅川』の前にやって来た。軒行灯《のきあんどん》にはまだ灯は入っていない。

黒板塀の『梅川』の門を入り、敷石を伝って玄関まで行く。

「いらっしゃませ。まあ、お嬢さま」

女将が出て来た。

「新吾さま。せっかくですから上がりましょう。女将さん、よろしく」

香保は板敷きの間にあがってから、

「さあ、新吾さま」

と、催促する。

仕方なく、新吾は刀を女中に預け、女将のあとに従って梯子段《はしごだん》を上がった。

二階の小部屋に通される。

「女将さん、ちょっといいかしら」

落ち着いてから、香保が声をかける。

「はい」

「こちらは宇津木新吾さま。順庵先生の息子さんです」

「はい。存じあげております。一度、お目にかかりました」

「そうでしたわね」

「はい。お嬢さまの……」

あとの言葉を濁らせたが、許嫁と続いたはずだ。

「新吾さまが、女将さんにおききしたいことがあるそうなんです。きいてやっていただけませんか」

「まあ、なんでしょうか。私でわかることでしょうか」

女将は新吾に顔を向けた。

「昔、こちらに安吉という板前さんがいらっしゃったと思うのですが」

新吾は切り出した。

「安吉ですか」

女将は怪訝《けげん》そうに小首を傾げてから、

「いえ。そんな名前の板前さんはおりませんでした。ひょっとして、先代の女将のころでしょうか」

「はい。そうだと思います。安吉さんは四十二歳ですから二十年ぐらい前でしょうか」

「そうですか。ちょっと大女将を呼んで参りましょう」

女将は女中に大女将を呼ぶように頼んだ。

「申し訳ございません」

「その安吉さんがどうかなさったのですか」

「はい。当時、こちらで女中をしていたおふささんと恋仲だったそうです。でも、わけあって、ふたりは別れた。今、安吉さんは余命幾ばくもない身なのです。せめて、おふささんに会わせてあげたいと思い、おふささんを捜しているのです」

「そうでしたか。もう、来ると思います」

女将が答えたと同時に襖の外で声がした。

「失礼します」

襖が開いて、老女が入って来た。

「大女将です」

女将が引き合わせる。

「大女将のとみでございます」

大女将が挨拶をする。

「すみません。わざわざ、お越しいただいて。二十年ぐらい前、こちらに安吉という板前さんがいたと思うのですが?」

新吾は改めてきいた。

「安吉ですか。いえ、そのような名前の板前はおりませんでした」

「いない？」

新吾は聞き咎《とが》めた。

「はい。ただ、流れ者のような板前の見習いは覚えていないのですが」

「腕のいい板前だと言っていました」

「そういう板さんなら名前を覚えています。安吉という名は記憶にありません」

「では、女中におふささんという方はいらっしゃいましたか」

「おふさですか。はい、おふさという名の女中はおりました。二十年前でしたら、女中頭をしていました」

「女中頭ですか。当時でお幾つくらいだったのでしょうか」

「三十半ばかしら」

「三十半ば……」

いま四十二歳の安吉は当時なら二十二、三。三十半ばだとすると、一回りも年上ということになる。

安吉の言葉を聞き違えたのだろうかと、新吾は首をひねった。

まさか、料理屋の名前を間違えたのだろうか。『梅川』と聞いたと思ったが、別の名前だったか。

もう一度、安吉に訊ねるしかあるまいと、気持ちを落ち着かせた。

「すみません。お騒がせいたしました。私が聞き違えたのかもしれません」

「あの」

大女将のとみが遠慮がちに口を開いた。

「二十年前、確か下働きの男に安吉というひとがおりました」

「下働き？」

「はい。この近くにある口入れ屋の世話で雇ったのですが、酒癖が悪い上にちょっとした苦情が出て、二年ほどでやめてもらいました」

「苦情ですか」

新吾は気になった。

「ご贔屓《ひいき》くださっている海産物問屋の若内儀がお出でになるたびに、庭から座敷にいる若内儀をじっと見つめているんです。薄気味悪いと、旦那から苦情が出まして」

「それでやめてもらったのですか」

「はい。あっ」

大女将が何かを思いだしたように声を上げた。

「その若内儀のお名前もおふささんです。今でも、ときたまお出でになりますが」

「……」

新吾は言葉を失った。単なる偶然だろうか。安吉やおふさと同名の者がたまたまい
ただけなのか。

いずれにしろ、安吉に改めて問うしかない。

「わかりました。ありがとうございました」

新吾は礼を言った。

「新吾さま。お食事をしていきましょう」

香保が言う。

「しかし、私には……」

いくらかかるだろう。そんな持ち合わせはない。

「父に出させます」

「そんな真似は出来ません」

「あら、そんな固いこと、仰《おつしや》らないで」

「わかりました。ただし、ここの支払いは私がいたします。それなら、食事をいたし

ましょう」

うふっと、香保が笑った。

「何がおかしいんですか」

「だって、新吾さまってすぐむきになるんですもの」

「いや、そんなことはない」

新吾は憤然と言う。

どうも、いつも香保にはやり込められる。

「じゃあ、お料理をお願いします」

香保は内儀に言う。

女将たちが去り、やがて、女中が酒と料理を運んで来た。新吾は思わぬ展開に困惑していた。

「新吾さま。吉弥を呼んでよろしいかしら」

「吉弥？　ああ、芸者さんですね」

吉弥は香保と同い年で、家が貧しく、十三歳のときに仕込みっ子になった。ふたりは気が合うようで、新吾などは吉弥を男と思い込み、香保の恋仲の相手だと信じていた。

「心配なさらないで。花代は私が払います」

「いえ、私が払います」

また、香保は手を口に持っていった。

「好きな男がいるあなたとふたり切りなのは気が重いですから」

「新吾さまって、女子のことになるとからしきだめなんですね」

「なにがですか」

新吾はまた不快になった。

「また見立て違いをしています」

いつぞやも香保に言われたことを思いだす。もう少し、慎重に患者さんを診なくては見立て違いをしてしまいますよ。ことに女の患者さんには注意をなさい。あなたさまは女のことがあまりおわかりにならないようだから。

あのときは吉弥のことを指していた。吉弥を男だと思いこんでいたことを、揶揄《やゆ》したのだ。

「私は慎重に患者に接しています」

「そうでしょうね。その慎重さを女子に対しても持てないものかしら」

「何が仰りたいのですか」

問いつめたとき、女中が新たな料理を持って来たので、新吾は口をつぐんだ。

香保は意外なことに酒はあまり強くないようだ。新吾は酒を呑みながら、香保の言葉の意味を考えていた。

吉弥の件を見立て違いと言ったことからすると、好きな男がいると父親の漠泉に香保が言った言葉は嘘だったということか。

いや、そんなはずはない。縁談解消を父親に言ったのは、好きな男のためだと、香保ははっきり言ったのだ。

では、見立て違いとはなんだ。何杯か呷《あお》ってから、

「香保どの」

と、新吾は切り出した。

「さっきの見立て違いの件ですが……」

「失礼します」

襖の外で声がした。

襖が開いて、芸者の吉弥が入って来た。

凜とした顔だちで、香保と姉妹のようだ。

「きょうはありがとうございます」

三つ指をついて挨拶をし、吉弥は新吾の前にやってきた。

「どうぞ」

吉弥は銚子を差し出す。

「ありがとう」

新吾は盃を差し出す。

「香保さまも」

「はい」

香保はほんのり頬を染めていた。

「きょうは何かございまして？」

吉弥が香保と新吾の顔を交互に見て言う。

「吉弥さん。私たち、許嫁の仲を解消したのですよ」

香保が言う。

「まあ、解消？　どうしてですか」

意外そうな顔で、吉弥がきいた。

「新吾さまのご希望で」

「違います。香保どのに好きな男がいたからです。私より、その男のほうがいいんでしょう」

新吾は八つ当たりぎみに言う。

「そうですか。残念です」

吉弥が落胆した。

「おふたりは、とてもお似合いでしたのに。とても、残念です」

吉弥はひとり落ち込んでいた。

座敷は、なんとなく妙な雰囲気になり、香保と吉弥を残して、新吾は先に引き上げた。

外に出ると、まん丸の月が黄色っぽい光を地上に落としていた。

第二章　逃亡

一

安吉がゆっくり療治部屋に入って来た。きょうも酒臭かった。目の前に腰を下ろす。顔色はどす黒く、病気の進行を物語っていた。

「先生。そろそろですかねえ」

目の前に座るなり、安吉は言った。

「何がですか」

「いやだな、先生。あっしの寿命ですよ。もう尽きかけているんでしょう」

「何を言っているのですか。ここまでやって来られる体力があるじゃないですか。大丈夫。元気になりますよ。ただ、お酒はいけません」

酒で痛みを紛《まぎ》らわせているのだろう。

「だって、酒を呑むしか楽しみがないんですからね」

いちおう触診をし、病の進行状況を見る。

気休めに過ぎない。しかし、病気が進行しているわりには安吉は元気だ。なにより なのは、激しい痛みが少ないことだ。もちろん痛みを忘れるために酒を呑んでいるの だろうが……。

「安吉さん。あなたが板前をしていた料理屋はなんて言いましたっけ。木挽橋の袂《たもと》 にある何という店でしたか」

「『梅川』ですよ」

「そう、『梅川』でしたね。そこで何年ぐらいいたんですか」

「『梅川』は二年ぐらいですかね」

「二年ですか」

「先生、何か」

「明日にでも『梅川』に行ってきいてこようと思いましてね」

すでにきいてきたとは言えなかった。

「『梅川』に行くんですかえ」

「ええ。大女将は達者だそうです。二十年前のことを覚えているそうですから、手掛かりが摑めるかもしれません」

「先生。そこまでしてくんなくてもいいよ」

「いや。なんとしてでもおふささんを捜しましょう」

安吉は顔を歪め、

「先生。おふさがいたのは『梅川』じゃなかった」

「えっ、どういうことです？　おふささんは『梅川』で働いていたのではないんですか」

「先生。もう二十年前のことですから、忘れてください」

「いや。おふささんを捜しましょう。『梅川』でなかったら、どこなんですか」

「水茶屋です。今は、もうその水茶屋はねえ」

安吉は目をそらした。

「そうですか。じゃあ、また、手掛かりを思いだしたら教えてください」

「へえ」

安吉はほっとしたような表情をした。

「あまり、お酒を呑まないように」

新吾は痛ましい思いで安吉を見送った。

やはり、板前の話は嘘だったのだ。おふさのことも、他人の妻女に岡惚《おかぼ》れしていたに過ぎない。

死を目前にし、ひとりぽっちで死んで行かねばならない心細さから、自分の過去をあのように思い込んだのか、あるいは他人の気を引くために作り話をしたのかもしれない。

なんだか切ない気持ちになった。そんな気持ちが呼び起こしたのか、香保のことが脳裏を掠《かす》めた。

またも見立て違いと言った。何か香保のことで重大な勘違いをしているのだろうか。

その日の診療が終わったのは、暮六つ（午後六時）すぎだった。

幻宗がいつものように濡縁《ぬれえん》に出て休んでいる。おしんが湯呑みに酒を注いで運ぶ。

こうやって疲れをとるのだ。

「よろしいでしょうか」

新吾は幻宗のそばに座った。

「何か」

幻宗が鋭い眼光を向けた。

「安吉さんのことです」

「安吉がどうかしたのか」

「安吉さんは、ある事情で離ればなれになったおふさという女子に会いたがっていました。それで、安吉さんが昔働いていた『梅川』という料理屋に行ってみました。そしたら、元板前というのは嘘で、『梅川』には安吉という下男がいたそうです」

「それで？」

「はあ。おふさという女中もおりませぬ。ただ、お客の海産物問屋の若内儀がおふさという名でした。下男の安吉は若内儀に岡惚れをし……」

「下男の安吉が同一人だという証《あかし》はあるまい」

「はあ」

「安吉は板前だったと思い込んでいるのだ。それを否定する必要はなかろう」

「おふささんを捜すと約束してしまったのですが」

「安吉が満足するような話をしてやれ。あの男はいずれ動けなくなる。残念だが、あまりにも腫瘍が大きすぎる」

幻宗は無念そうに言う。

「安吉は自分で物語を作っている。そして、そう思おうとしているんだ。それに、合わせてやれ」

「わかりました」

幻宗は苦そうに酒を口に含んだ。

新吾は香保から言われたことがわだかまっていて、胸の辺りが不快だった。

香保は、患者を無料で診療することの弊害《へいがい》を説いた。反撥《はんぱつ》を覚えながらもいちいち頷けるものがあった。

中でも強烈だったのは、患者は無料のところに集中し、そのため周辺の医者は干上がってしまう。やがて、ばたばたと施療院が潰れていくのではないか。それより、いつか幻宗の資金が途絶えて無料での治療が出来なくなったとき、医者に金を出さないことに馴れた患者はどうなるのかという指摘であった。

その問いかけに対して、幻宗はどう答えるのか。そして、最大の懸念は幻宗の資金源はいつまで持つのかということだ。

暗い庭に目をやりながら、幻宗は酒をちびりちびりと呑んでいる。その横顔を見つめながら、新吾は口を開こうとした。

そのとき、廊下に足音がして、伊勢崎町の甚兵衛の家から三升が帰って来た。

「ただいま戻りました」

幻宗に報告する。

「どうであった？」

野うさぎの鉄二の様子だ。

「はい。問題ありません」

三升は答えた。

「順調に回復していっているのですか」

新吾は三升にきいた。

「ええ。強靭な肉体の持主だったことと幻宗先生の手当てのよさでしょう。あと数日で、こちらに移せるかもしれません」

「それはよかった」

そう答えたものの複雑な気持ちだった。獄門になるために死の淵から引き戻されたのだ。果して、助けた意義はあるのか。

「先生、それより、ちょっと気になったことが」

「うむ？」

「甚兵衛さんの家を出たとき、斜向《はすむ》かいの家の路地に人影が隠れたような気がしたんです。岡っ引きではないかと気になって」

「そうか」

幻宗は厳しい顔をした。

「先生。帰りがけに甚兵衛さんの家に寄って様子をみてみます」

さっきの質問をするのを諦め、新吾は言う。

「そうだな。そうしてもらおうか」

「はい。では」

新吾は施療院を出た。


四半刻（三十分）後に、新吾は甚兵衛の家にいた。

新吾が来たとき、野うさぎの鉄二は眠っていた。呼吸も穏やかだ。三升の言うように、回復が早い。

新吾は隣の部屋で甚兵衛夫婦と向かいあった。

「怪我人の面倒を見させて申し訳ございません。看病で困ったことはありませんか」

新吾はきいた。

「いえ、幻宗先生をはじめ皆さまが一生懸命になっている姿を見ています。私たちがこのくらいのことをするのは当たり前です」

甚兵衛の横で、妻女も頷いている。

「それに、行儀のよいひとですから、痛くても喚いたり、こっちに当たったりいたしません。その点、楽です」

「そうですか。ところで」

と、新吾は声をひそめた。

「この家の周囲を不審な男がうろついていませんか」

甚兵衛の顔が緊張したのがわかった。

「はい。何度か、変な男を見かけました」

奥を気にしながら、甚兵衛も声をひそめて答える。

「町方でしょうか」

「いえ。遊び人ふうの目付きの鋭い男です。あのひとの仲間では？」

「さあ、仲間がいるとは聞いていませんが」

新吾は自信がなかった。

「仲間にしろ、動かすことは出来ません。もしかしたら、怪我が治るのを待っているのかもしれませんね」

新吾は困った。自身番《じしんばん》に訴えることは出来ない。町奉行所が知れば、鉄二は囚人の療養所である浅草や品川《しながわ》の溜《ため》に強引に移されるだろう。そこでは満足な治療は受けられまい。

「何かあったら、幻宗先生のところに駆け込んでください」

「はい」

甚兵衛は頷く。

新吾は不思議に思ってきいた。

「怖くありませんか」

「なあに、だいじょうぶですよ。仲間がやって来たって、年寄りには何もしますまい」

甚兵衛は笑った。

「では、向こうの様子を見てきます」

新吾は鉄二の枕元に行った。

鉄二は目を閉じていた。額に汗をかいていたので濡らした手拭いで拭いてやる。

手拭いを桶の水で濯《すす》いでいると、

「先生」

と、鉄二が口を開いた。

「起こしてしまいましたか」

「いや」

鉄二は続ける。

「どうして死なせてくれなかったんですかえ」

「医者はひとの命を助けるのが仕事ですからね。目の前にいる病人や怪我人を助ける。当たり前のことです」

幻宗の受け売りを言う。

「でも、あっしは助かってもすぐ死ぬ運命ですぜ。それも首を刎《は》ねられてだ。だったら、あのまま畳の上で死んだほうがどんなにましだったか」

「……」

新吾も同じ考えだったが、いざ当人に言われると、果たしてそうだろうかと疑問が湧いた。

「あっしには希望がないんですぜ。生きようという気力を振り絞っても、獄門台が待っていると思うと胸が引き裂かれそうになる。いまのあっしにあるのは首を刎ねられるという恐怖だけだ。こんな思いをするなら、いっそあんとき死んでいればよかった。これから、まだ苦しみが続くんです。地獄だと思いませんか」

「あなたのお気持ちはよくわかります。でも、幻宗先生のお言葉をよくかみしめてください。幻宗先生はあなたに、真人間になって死んでいって欲しいと願っているんです。その時間を神仏が与えてくれたと考えてください」

「先生。いまさら真人間になったって極楽に行けるわけじゃねえ。俺のやって来たことからすれば地獄行きしかねえ。それよか、俺が真人間になるなんて考えられねえ」

「どうしてですか。生まれつきの極悪人なんていませんよ」

「いや。いるんですよ。あっしはふた親の名前も顔も知らねえ。物心ついたときには、どこかの家で掃除や薪《まき》割り、水汲みなどこきつかわれていた。小さな体で桶に水をいっぱい汲んで離れたところにある井戸と母屋を何度も往復した。食事も満足に与えられねえ。その家の一家を薪で殴りつけ、ふたりを殺して金を奪って逃げたのは十二歳のときだった。それからは、盗みやかっぱらいなどをして、二十歳になったころにはもう一端の悪人だ。気に入らねえ人間を容赦なく殺し、他人のものを奪いながら生きてきた。俺には良心ってものはねえ。そんな人間がわずかひと月ぐらい怪我で寝ていたからって、心が入れ替わるわけねえ。先生だって、そう思うでしょう」

「あなたは物心ついたとき、過酷な暮らしを強いられたのでしょうが、物心つく前はまっとうな子どもだったはずです。何らかの事情で、あなたはどこかの家にもらわれていった。そのことがあなたにとって不幸であった。でも、決してあなたは生まれつきの悪人ではありませんよ」

「……」

「なぜ、じつのふた親があなたを手放さなくてはならなかったのか、きっと深い事情があったに違いありません。あなたのふた親は胸を引き裂かれる思いだったに違いありません。根っからの悪人なんていませんよ」

「先生。真人間になるってどういうことですかえ。どうしたら、真人間になったって言えるんですかえ。あっしはもう娑婆《しゃば》には出られないんですぜ」

「自分が犯した罪を反省することです。あなたが命を奪ったひとたちに謝り、罪の償いをしようという気持ちになることです」

「難しい話だ」

「まだ、時間があります。幻宗先生は傷が完治するまでは町方には知らせないでしょう。自分の来し方を振り返ってみるのです」

「地獄ですぜ」

鉄二は自嘲ぎみに言う。

「また、来ます。あとで幻宗先生にもきいてみたらいかがですか。では」

そう言って、新吾は立ち上がった。

甚兵衛夫婦にあとを託し、新吾は土間に下りた。

「先生」

甚兵衛が声をかけた。

「もし、怪しい男を見かけたらどうしましょうか」

「気づかない振りをして、いつもと同じでいてください」

へたに騒げば、甚兵衛夫婦に危険が及ばないとも限らない。

「では、お気をつけなさって」

新吾は潜り戸を出た。

仙台堀沿いを上《かみ》ノ橋《はし》まできたとき、新吾は立ち止まって振り返った。ずっとつけて来る人間がいたのだ。

甚兵衛の家を見張っていた男だったら、問いただそうと思った。

「何者か」

暗がりに向かって、新吾は声をかけた。

黒い影がふたつ現れた。

「おや、あなた方は……」

武次と益次だ。

ふたりは懐に手を入れたまま近づいてきた。匕首《あいくち》を呑んでいるようだ。その後ろに浪人がいた。

「先生。この前の礼をさせていただこうと思いましてね」

「それは義理堅いことです」

「たっぷり礼をさせてもらうぜ」

ふたりは懐から手を出した。やはり、その手には匕首が握られていた。

「もう目眩や頭痛はいいのか」

「ふん。覚悟しやがれ」

益次が飛び掛かってきた。新吾は軽く体をかわし、益次の手首に手刀を入れた。

「痛え」

益次は匕首を落した。

すかさず、武次が匕首をひょいひょいと突き出しながら迫って来た。新吾は匕首の動きを見極め、間近に迫った瞬間、新吾の方から飛び掛かって匕首を持つ手首を掴んで一捻りした。

武次は大きく一回転して背中から地べたに落ちた。

暗がりから大柄な浪人が出て来た。無精髭がよけいに顔を凶暴そうにしている。

「お名前をきかせていただけませぬか」

新吾はきく。

「死んで行くのだ。聞いても仕方あるまい」

「では、誰に頼まれたのですか」

「それも必要なかろう」

「もし、斃《たお》せなかったら困りますからね」

「依頼主はこのふたりだ」

浪人はゆっくり刀を抜いた。

そして、刀の柄を右耳まで持っていき、剣先を後方に向けて構えた。

「示現流《じげん》か」

新吾は身構えた。

示現流独特の蜻蛉《とんぼ》の構えだ。初太刀で相手を斃す。二の太刀は負けという。それほど凄まじい気迫が溢れている。

相手が摺り足で迫ってきた。新吾も抜刀した。きぇえという掛け声とともに相手が斬りつけてきた。新吾は前に踏み込むと見せかけて横に飛んだ。左の袖に相手の切っ先が触れた。初太刀を外された相手はあっけなく後退った。

「勝負はお預けだ」

三人は暗がりに消えて行った。

提灯《ちょうちん》が揺れながらやって来る。あの灯を見て退散したようだ。

甚兵衛が言っていた怪しい男とはいまの連中だろうか。だが、あの者たちが野うさぎの鉄二に興味を示すとは思えない。

新吾は歩きだした。提灯の一行とすれ違った。町方の人間だ。じろじろ、こっちを見ていた。野うさぎの鉄二を捜しているのだと思った。

家に帰って、はじめて袂が大きく裂かれていたことに気づいた。単なる威しではなかった。本気で斬る気だったのだと、新吾は溜め息を漏らした。

二

ふつか後の昼過ぎ、新吾は幻宗の施療院に向かう途中、甚兵衛の家に寄った。

甚兵衛の妻女が、鉄二に食事を与えていた。甚兵衛夫婦が鉄二の看病を親身になって行っていることに、新吾は感銘した。

「どうですか、気分は?」

枕元に座り、新吾は声をかけた。

「だいぶ、いい。痛みもほとんどない」

「甚兵衛さんたちの親身な看病のおかげですよ」

「なぜ、こんな俺のために……」

鉄二は呟く。

「傷ついているひとを助けるのは当然だと思っているのでしょう。心優しい御夫婦です」

「……」

「私たちは医者としての使命であなたを助けましたが、甚兵衛さん夫婦は違います。純粋にあなたを助けたいと思っているんですよ」

「そんな人間がいるなんて信じられねえ」

「どうです? 世の中、捨てたものではないでしょう」

鉄二から返事はなかった。

「じゃあ、また、誰かが包帯を取り替えにきますから」

新吾は立ち上がった。

甚兵衛夫婦と向き合った。

「怪しい男はまだうろついていますか」

「いえ、きのうもきょうも気づきませんでした」

「そうですか」

「先生」

甚兵衛が思い詰めたような目で口を開いた。

「きのう、三升先生が近々、鉄二さんを施療院に移すと仰っていました」

「ええ、もうだいぶ傷口も塞《ふさ》がってきました。いつまでも、甚兵衛さんにご迷惑をおかけするわけにはいきませんから」

「そのことですが」

妻女が口を開いた。

「私のほうは構いません」

「えっ？」

「傷が治るまで、鉄二さんにここにいていただいても」

新吾は甚兵衛を見た。

「はい。どうぞ、最後まで看病をさせてください」

「でも、たいへんでは？」

「いえ。老夫婦にはかえって生きがいでもあります。こんな年寄りでも、ひとさまの力になれるのかと思うとうれしいのです」

「しかし、あの鉄二さんはただの……」

あとの言葉を呑んだ。

「わかっています。極悪人だったかもしれません。でも、自由に身動き出来ない身では、ふつうの弱い人間に過ぎません。幻宗先生も仰ったように、真人間になっていく手助けをしたいのです」

「なぜ、そこまで？」

「はい」

甚兵衛は妻女と顔を見合せた。

「私たちには男の子がおりました」

妻女が話しはじめた。

「生きていれば、ちょうど鉄二さんぐらいになります。いえ、生きているのか死んでいるのかわかりません。十年以上も前に家を飛び出したままですから」

「……」

目の前の老夫婦の告白に、新吾は言葉を失っていた。

「なぜ、家を飛び出したのか、理由はわかりません。悪い仲間と付き合いだし、道をどんどん外れて行きました。捜しました。似た男を見たと聞けば、板橋宿《いたばし》、品川宿、さらには川崎大師《かわさきだいし》まで行きました」

甚兵衛が続けた。

「婆さんは何度も願掛けをし、お百度参りも欠かしたことはありません。ひょっとしたら、もう死んでいるのではないか。いや、きっとどこかで生きている。そんなふたつの思いの間で揺れ動いていました」

「伜《せがれ》もどこかで大怪我をし、誰かの世話を受けているかもしれません。鉄二さんの面倒を見てあげることは、伜を助けることと同じだと思うのです。先生。どうか、最後まで私たちに面倒を見させてください」

「あなた方のお気持ちはよくわかりました。幻宗先生にお話ししておきます」

「お願いいたします」

甚兵衛夫婦の思いを胸に抱いて、新吾は家を辞去した。

幻宗の施療院にやって来た。大広間にはたくさんの患者が待っている。幻宗は患者の診察をはじめていて、声をかける機会はなかった。

新吾もいつもの場所に座り、最初の患者を呼び入れた。

患者は少しでも頭が痛かったり、食欲がなかったりしたら、すぐに施療院にやって来る。薬礼がいらないのだから、ちょっとしたことでも駆け込んでくる。

ここにやって来る患者の半数近くは無料だから来ている。そのことも、問題だと新吾は思った。そのぶん、ほんとうの病人の療治の時間がとれなくなる恐れがあり、また医者のほうが忙しい思いをしてしまう。

決していい状況ではない。その上に、幻宗の資金源が途絶えたら、すべてが悲惨な状況になるのではないか。

ただ、病気にかかったり怪我をしたりするのは、貧しい人間がはるかに多いのも事実だ。家族を養うために無理して働いて体を壊したり、疲労の積み重ねから不注意で怪我を起こしやすい。

そういう人間にとっては無料のほうが助かる。だとしたら、やはり富裕な者からたくさん金をとり、施療院を運営していくのがいいのではないか。

幻宗が言うように、金持ち優先の治療になってしまうのだろうか。新吾には答えが出せなかった。

最後の患者を見送ってから、新吾は幻宗の診察が終わるのを待った。

三升は包帯の交換に野うさぎの鉄二のところに行っている。

やがて、幻宗が療治部屋から出て来た。厠《かわや》に行き、それからいつもの濡縁のところにやって来た。新吾は近づいた。

「先生。昼間、甚兵衛さんから、怪我人を最後まで看病したいという申し出がありました。いかがいたしましょうか」

「ここに連れて来る」

「でも、甚兵衛さんは今まで通りのことを望んでいますが」

「何かあったらではまずい。手遅れになる」

「でも、甚兵衛さんは……」

「町奉行所でもあの男を徹底的に捜していよう。万が一、岡っ引きに見つかったら、あの夫婦に迷惑がかかる」

「甚兵衛夫婦には十年以上前に失踪した息子さんがいたそうです。生きていれば、鉄二ぐらいの年齢だそうです」

「嫌がらずに看病をしているので、何らかの事情があると思っていた。誰でも、それぞれ深い事情を抱えているものだ」

幻宗はそう答えただけで、考え直そうとはしなかった。

「明日、甚兵衛には私から話す」

「わかりました」

おしんが幻宗のために茶碗酒を持って来た。

「どうぞ」

「うむ。すまない」

幻宗は湯呑みを受け取った。

「それから、先生。先日の武次と益次という遊び人のことですが、そのうち、何か仕掛けてくるような気がしてなりません」

「何かあったか」

「はい。一昨日の夜、襲われました。示現流の使い手の浪人を連れていました。私に対する警告だけでしたが、何かを企んでいるとしか思えません」

「……」

「松木義丹という御目見医師が背後にいるような気がしてなりません。友納長四郎どのの子息の盲腸を先生が治したことで顔を潰された格好になった松木義丹が、怨みを晴らそうとしているのではないでしょうか」

新吾はさらに続けた。

「本所・深川の漢方医たちは、先生が薬礼を無料にして患者を横取りしたと逆恨みをしているようです」

「気にするな」

「でも、ならず者を雇って、ここを襲撃するようなことはないでしょうか」

深夜に火つけをし、この建屋を燃やしてしまえば、幻宗は診療出来なくなる。新吾はそのことを恐れた。

「では、どうしたらいい？」

逆にきかれた。

「証拠がないのに、松木義丹に抗議に行くのか」

「いえ。この施療院の警戒が必要ではないのでしょうか。火を放つ人間がいるかもしれません」

「新吾」

「はい」

「そなたには話していなかったが、この家を守ってくれている者がいる。夜中に見回りをしてくれている」

「えっ？　ほんとうですか」

新吾は信じられなかった。夜中はこの家にいないのでわからなかった。

「そなたがそこまで心配せずともよい」

「いったい、誰が？」

「患者だ。金がない連中はそういう形で支援してくれている」

「安心しました」

「この施療院はみなで支えてくれているのだ。無料で診てもらって、それで得をしたと思う者はいない。何らかの形で返してくれているのだ」

「先生。お訊ねしてよろしいでしょうか」

「なんだ？」

「先生の支援者のことです。いえ、誰かとは詮索しません。ただ、支援者からの援助はいつまでも続くとは考えられないのです。もし、それが尽きたとき、この施療院はどうなるのでしょうか」

「そのとき、考えればよいだけのこと」

「でも、無料ということで皆ここにやって来ます。すると、他の医者から患者を取り上げることになってしまいませんか」

思い切ってきいた。

「徒医者《かち》でも薬礼を一服二分とか三分とる。乗物医者はその倍以上をとる。これでは庶民が医者にかかれまい」

町医者のうち、歩いて往診に来る貧乏な医者を徒医者、乗物で来るのを乗物医者と言った。

「わしのところにくる患者は町医者にさえかかれない者たちだ。だから、町医者から患者を取り上げるようなことはない」

幻宗はきっぱりと言い、さらに、

「医者は患者の病気を治すことがすべてだ。医術をさらに向上させる意欲のある医者のところには患者は行く。そなたも患者の立場になって考えてみよ。確かに、うちは患者が多い。だから、かなり待たされる。同じ技量の医者が他にあれば、待たされるより少しぐらいの金を払ってもそっちに行くだろう。そうではないか」

幻宗は厳しい顔になり、

「最近、医者の看板を出せば医者だと思っている者が多い。そんな医者にかかって、あたら助かる命が奪われても泣き寝入りになる。そのようなことがあってはならない。

そういう医者、つまり藪医者は消えてもらわねばならぬ。松木義丹どのが、この道理がわからぬはずはない」

確かに、幻宗の施療院に来る患者は薬礼が無料というだけでなく、ちゃんと治療してもらえるから来るのだ。幻宗の腕を信用しているからだ。他の医者もそれだけの技量を積めばいいことだ。

「そなたの言うように、いつまでもいまのような形で施療院を続けて行けるとは思っていない。だが、それまでに、他の医者も本気になって腕を上げれば、医術の底上げになる」

「先生。よくわかりました」

新吾はうれしくなった。やはり、幻宗は確固たる信念のもとにこの施療院を運営しているのだ。

このことを、香保にも伝えたいと思った。あのまま言われっぱなしなのも癪《しゃく》だった。

「先生。ありがとうございました」

いきなり礼を言ったので、幻宗は不思議そうな顔をした。

新吾は永代橋を渡ってから霊岸島を通り木挽町の上島漠泉の屋敷にやって来た。

格子戸を開けて、奥に向かって呼びかける。

女中のおはるが出て来た。

「香保どのはいらっしゃるか」

「はい」

おはるは奥に引っ込んだ。

すぐに出て来て、新吾を案内した。

通された小部屋で待っていると、それほど時間がかからずに香保がやって来た。

「いらっしゃいませ」

香保はお辞儀をする。

「すまぬ。夜分に押しかけて」

「いえ。でも、この前といい、今夜といい、いきなり訪ねてこられるのですもの、驚きますわ」

「幻宗先生のことで、どうしてもあなたに言わなければならないと思い、後先考えずにやって来てしまいました」

「幻宗先生のこと？」

香保は小首を傾げた。意外と愛くるしい表情になり、新吾はあわてた。

「どうなさいまして？」

「いえ」

深呼吸をしてから、新吾は話しはじめた。

「香保どのは、幻宗先生が患者を無料で診ていることの弊害をいろいろ仰いましたね」

「あら、そのことですか」

香保は笑った。

「そうです。あなたの懸念を、幻宗先生にぶつけてみました。すると」

「町医者の薬礼が高すぎて庶民は医者にかかれない。そういう患者を受け入れているので、町医者の商売には影響を与えない。そう仰いまして」

「どうして」

新吾は啞然《あぜん》とした。

「それから、技術を磨いていない医者が多い。余裕のある町人は病気を治してくれる医者を選ぶ。お金の問題ではない。幻宗先生の施療院に危機感をもって町医者が腕を磨けば、それだけ患者にとって有意義だ。そういうことではありませんか」

新吾はしばし言葉を失った。

「そうなのですね」

「そのとおりだ。いったい、あなたというひとは……」

「違います。父が話してくれたことです」

「えっ？」

「私が新吾さまに話したような疑問をぶつけたら、父はいまのようなことを話してくれました」

「お父上は幻宗先生のことを理解していらっしゃるのか」

新吾は驚いてきいた。

「新吾さまが幻宗先生のところに通われることを、父や順庵さまがなぜ強引に反対なさらないかおわかりですか、と私がきいたことを覚えていらっしゃいますか。そのとき、新吾さまは、ご自分の幻宗先生に対する思いを消せないと思ったのでしょう、とお答えになりました」

あっと、思いだした。

「おわかりですか。父も幻宗先生のことを認めているんですよ。だから、新吾さまが通われることに反対しなかったのです」

「知らなかった……」

新吾は頰を殴られたような衝撃を受けた。

「あなたの言うとおりだ。私は見立て違いばかりしている。なんて、愚かなのだ」

新吾は自分の頭を殴った。

「でも、いまのことはやむを得ないと思います。だって、江戸に戻って日が浅く、町医者の実情などわかりようがありませんもの」

新吾は意外な思いで香保を見つめた。

「あら、何か」

香保が小首を傾げた。

「いえ、あなたは私をもっと揶揄するかと思ったので」

「いやですわ。私はなんでも正直に話しているだけ。ですから、申しますけど、あなたはまだ見立て違いをしていることがございますわ」

「それはなんですか」

新吾は膝を進めた。

「でも、もう、それは済んだことですから」

ふいに香保の表情に寂しそうな翳《かげ》が浮かんだ。

「済んだこと?」

縁談の解消のことだろうか。

そう思ったとき、新吾は胸の底から突き上げてくるものがあり、抑えきれなくなった。た。気がついたとき、つい口に出していた。

「あなたこそ、私に好きな女子がいると勝手に思い込んでいる。あなたのことが嫌いだから、婚約破棄したいのだと思っている。それこそ、見立て違いです。私は栄達を求めた結婚などしたくないといっているだけです。もし、あなたが……」

新吾は声を呑んだ。あらぬことを口走っていることに気づいて、新吾はうろたえた。

「帰ります」

新吾は立ち上がった。

夜道を小舟町に向かって歩きながら、新吾は見苦しい姿を香保に見せたことで忸怩《じくじ》たる思いに襲われていた。

きのうは一日、実家の順庵の施療院を手伝い、きょうの昼過ぎになって幻宗のところに向かった。

三

新吾は永代橋に差しかかった。梅雨空で、今にも雨が降り出しそうだ。晴れた日にはきれいに見える富士も姿を消し、大川《おおかわ》に浮かぶ船も霞《かす》んでいる。

足早に永代橋を渡る。佐賀《さが》町から仙台堀にやって来たとき、前方を行く野袴に饅頭笠をかぶった侍を見た。

間宮林蔵だ。また、幻宗のところに行くようだ。最近、頻繁に幻宗に会いに来ている。幻宗は決して歓迎していない。いったい、何の用なのか。

間宮林蔵は伊能忠敬《いのうただたか》に代わって蝦夷《えぞ》地の探検を行い、日本地図の完成に力を貸している。間宮海峡を発見したひととしても名高い。その林蔵と幻宗はどういう関係なのか。

きいてみたい衝動にかられたが、答えてはくれまいと、諦めた。

上ノ橋を渡って小名木川のほうに向かう林蔵を見送り、新吾は仙台堀沿いを伊勢崎町の甚兵衛の家に向かった。

あれから、怪しい人間はうろついていないようだ。それと、武次と益次もその後、鳴りを潜めている。かえって無気味だった。

甚兵衛の家に入る。すぐ甚兵衛が出て来た。

「宇津木先生」

甚兵衛が悲しそうな顔を向けた。

「きのう、幻宗先生がいらっしゃって、明日、鉄二さんを施療院に移すと言われました」

「そうですか。すみません。幻宗先生には甚兵衛さんのお気持ちを伝えたのですが」

「いえ、幻宗先生も私たちのことを思ってのことです。いたしかたありません」

そう言いながらも、甚兵衛は気落ちしていた。

新吾は野うさぎの鉄二のところに行った。驚くことに、鉄二は半身を起こしていた。髭を剃り、さっぱりした顔をしている。怪我のせいか、精悍な顔つきが牙が抜けたように少し穏やかなものになっていた。

「だいじょうぶなのですか」

新吾はきいた。

「少し痛むが、なんとか厠までひとりで行けるようになった」

「早い回復です」

強靭な肉体の持主なのだということを実感した。

「明日、幻宗先生の施療院に移るって言われた」

「ええ、いつまでも甚兵衛さんの世話になっているわけにもいきませんから」

「そうだな」

「髭は自分で？」

「いや、甚兵衛とっつぁんが剃ってくれた。婆さんがいつも体を拭いてくれて、いたれりつくせりだったぜ」

離れがたいという口振りだった。

「でも、よかったです。傷も癒えてきて」

「俺には複雑だぜ。傷が治ったら、奉行所に突き出されるのだからな」

鉄二は寂しそうに笑う。

「でも、いまはまだそんなことを考えるのをやめましょう。完治するまで、あとひと月はありますから」

「そうだな」

鉄二は俯《うつむ》いた。

「鉄二さんには親しいひとはいないのですか」

「いねえ。俺はいつもひとりぽっちだった。ひとを信じられねえ質《たち》でな」

「好きな女子は？」

「ひとを好きになったことなんかねえ」

「そんなことはないでしょう。男は女を恋しがるものです。気に入った女子がいたはずです。遊女であっても」

「……」

「吟味与力《ぎんみよりき》の詮議を終えて町奉行所から牢屋敷に戻る途中に脱走したんでしたね」

「なんで、そんなことをきくんだ？」

「なんで深川にやって来たのかと思いましてね」

「思ってもいねえうちにだ。川向こうに行ったほうが逃げやすいと思ったんだ」

「ひょっとして、深川に好きな女子がいるんじゃないんですか」

「……」

鉄二の顔つきが変わった。

「その女子のところに行こうとしたんじゃないですか」

「そうかもしれねえ」

鉄二は厳しい顔をした。

「どこにいるんですか」

「佃町《つくだちょう》の『松野家《まつのや》』のお染《そめ》っていう女郎だ」

「お染さんですか。会いたいでしょう」

「もう会うことは叶わねえ」

鉄二は口許を歪めた。

「もし、会いたいのなら最後に一目会えるように計らってみます」

「いや、いい。会っても仕方ねえ」

「でも」

「先生。そんなに気を使わねえでもいいぜ。悪党は悪党らしく、死んで行く。この世に未練などねえ」

鉄二は自嘲ぎみにふたたび口許を歪めた。

「ともかく、完治してから、そのことをまた相談しましょう」

獄門になるために怪我と闘っている鉄二のために、新吾は何かしてやりたかった。

「すまねえ。横にならしてもらう」

「あっ、すみません。明日は私は来ません。明後日、幻宗先生の施療院でお会いしましょう」

「ああ」

鉄二は仰向けになって目を閉じた。

新吾はそっと離れた。

甚兵衛が何か言いたそうだった。

「甚兵衛さん。何か」

「へえ」

妻女と顔を見合わせ、迷っている。

「どうぞ、なんでも仰ってください。といっても、あなたのご希望を通してあげることが出来ませんでしたが」

「先生。私たちはどうしても、あのひとところのまま別れるのが辛いのです。最後まで、看病してやりたいのです」

「お気持ちはわかります。でも、幻宗先生のお考えも……」

「いえ、そうじゃありません」

甚兵衛が新吾の言葉を制した。

「私たちも幻宗先生のところで過ごすことは出来ませんでしょうか。そこで、あのひとの看病をしてやりたいのです。なんだか、実の伜のような気がしてならないんです」

「よろしくお願いいたします」

妻女も頭を下げる。

「そこまでして……。わかりました。今度こそ、おふたりのご希望に添うようにいたします」

必ず、幻宗を説き伏せてみせると、新吾は誓った。

甚兵衛の家から幻宗の施療院にやって来たときに雨が降り出した。

蒸し暑い。もう幻宗は療治部屋に入っていて、大広間にも間宮林蔵の姿はなかった。すでに用を果たし、引き上げたのか。

幻宗と話すのは、やはり診療が終わったあとだ。

次々と患者を診ていったが、きょうも安吉はやってこなかった。まさか、動けない体になっているのではないか。

武次と益次も現れない。

最後の患者の診察が終わったときは暮六つをまわっていた。幻宗もほぼ同時に診察を終えた。

「安吉さん、こないですね」

新吾はおしんにきいた。

「そういえば、最近来ませんね。あんなにしょっちゅう来ていたのに」

「どこに住んでいるのでしたっけ」

「待ってください」

おしんは台帳を調べた。

「北森下町《きたもりしたちょう》の三右衛門店《さんえもんだな》です」

「帰りに寄ってみます」

幻宗が厠に行き、三升が診療道具を片づけていた。

「三升さん。ちょっといいですか」

「はい」

「幻宗先生の話ですと、夜の間、この家の周囲を見回ってくれるひとがいるとお聞きしましたが」

「ええ。だいぶ前になりますが、幻宗先生は、喧嘩《けんか》で大怪我をした時蔵《ときぞう》という遊び人の手当をしてあげたことがあります。その時蔵さんが見回りを引き受けてくれたのです」

「そうだったのですか。いつからですか」

「益次という男が現れてからです。幻宗先生は益次に不穏な空気を感じたようでした。それで、時蔵さんに警戒をお願いしたようです」

「さすが、先生は手を打っていたのですね」

武次と益次は施療院で暴れようとしたが失敗した。そして、示現流の使い手の浪人を使って新吾を襲ったあと、目立った動きをしていない。

かえって無気味だ。何かを企んでいるのではないか。新吾が恐れたのは、この施療院に付け火をするのではないかということだった。

だが、夜は見張りがいるとすれば、相手はそうやすやすと手出し出来ないはずだ。

まずは一安心だが、しかし、油断は出来ない。

わざわざ新吾を襲いながら、このまま、黙って引き下がるとは思えない。

幻宗が厠から戻り、いつものように濡縁に腰を下ろした。雨が庭の草木を打ちつけている。

おしんが湯呑みに酒を注いで持って行く。

「先生、濡れませんか」

「だいじょうぶだ。雨も風情《ふぜい》がある」

幻宗は庭の暗がりに咲く卯《う》の花《はな》に目をやった。

おしんに入れ代わって、新吾は幻宗のそばに寄った。

「先生。甚兵衛さんから、夫婦でこの施療院に住み込んで、鉄二さんの看病をしたいという申し出を受けたのですが」

もし、だめと言われても、今度は徹底的に反論するつもりだった。

「そうしてもらおう」

「よろしいのですか」

「いいも悪いもない。そのほうが助かる」

幻宗はあっさり言った。

「ありがとうございます」

あまりにすんなりいったので拍子抜けするほどだった。

「じつは、わしからお願いしようとしていた。だが、そこまでは頼めないと躊躇《ちゅうちょ》していたのだ。よかった」

幻宗は安心したように言う。

「ここにいれば、すべてわしの責任ですむ。どんな事態になろうとも、甚兵衛夫婦に迷惑はかからぬ」

「明日、こちらに移すということでしたが？　私もお手伝いをしましょうか」

「そうだな。明日の夜、駕籠《かご》で連れて来ようと思う。では、暮六つに来てもらおうか」

「わかりました。暮六つまでに甚兵衛さんの家にいきます」

「うむ」

「先生。もうひとつお訊ねしてよろしいでしょうか」

「なんだ？」

「昼間、小名木川に向かう間宮さまをお見かけしました。また、先生のところにやって来たのでしょうか。間宮さまはいったい何のために先生のところに？」

「なんでもない」

　幻宗は冷たく突き放すように言う。

「では、先生とはどのようなお知り合いで？」

「旅先で偶然出会い、言葉をかわした。その縁で、ときたまご機嫌伺いに訪ねてくる。それだけのことだ」

それ以上のことは口にしないというように、幻宗は湯呑みを口に運んだ。

「では、私はこれで。あっ、ちょっと安吉さんの様子を見てこようと思います」

「そういえば、最近、顔を見せていないな」

「まさか、動けなくなっているのでは」

「いや。まだ、そこまではいっていないはずだ。たぶん……。いや、いい」

何か言いかけて、幻宗は口をつぐんだ。その表情に険しいものがないので、安吉の容体は深刻なものではないと思っているようだ。

「失礼します」

新吾は幻宗の前から下がった。

番傘《ばんがさ》を差して、新吾はいつもの道と反対方向に足を向けた。

北森下町の弥勒寺《みろくじ》橋の近くに、安吉が住む三右衛門店があった。その長屋の路地を入って行く。

安吉の住まいはすぐにわかった。

腰高障子を開けて、傘の雫《しずく》をきってから土間に入る。安吉がふとんに起き上がって酒を呑んでいた。

「あっ、先生」

安吉が罰《ばつ》の悪そうな顔をした。

「相変わらず、呑んでいるんですか」

「すみません」

「ご自分の体をもっと大切にしてください」

「へい」

首を竦《すく》めてから、

「で、先生。きょうはなんで？」

と、安吉は頰の削げ落ちた顔を向けた。

「しばらく姿を見せなかったので、様子を見に来たのです」

新吾は上り框《かまち》に腰を下ろした。

「そうですか。そいつはすみませんでした。なあに、あまり頻繁に顔を出すのもどうかと思いましてね。どうせ、死ぬのを待つだけの身ですから」

「また、そのようなことを」

新吾は怒ったように言い、

「生きようとする気力があれば、もっと長生き出来ます。諦めてはいけません」

「へえ」

「おふささんに必ず会えます。だから」

「先生。そいつがいけねえんです」

「いけない？　おふささんのことが、ですか」

「へえ」

「おふささんが、どうかしたんですか」

「どうしたもこうしたも……」

安吉は腕をさすりながら続けた。

「先生。申し訳ねえ。あれは嘘だ」

「嘘？」

「へえ。あっしは、その……」

「会いたいと言ったのは嘘なんでしょう。ええ、私もそう思います。安吉さんにとって、おふささんは心に残った大切なひとなのでしょう。会えなくても、心の中で生き続けているんです」

新吾は安吉を傷つけないように心がけた。

「人間は変わります。おふささんがどのように変わったかわかりませんが、かえって会わないほうが、あなたの心の中のおふささんのままでいます。おふささんを捜すなんて軽はずみなことを言いましたが、捜さないほうがお互いのためだと気づきました」

安吉の嘘をそのまま受け入れておこうとした。

「先生。あなたはほんとうにいいひとだ」

安吉はしんみり言う。

「また、施療院にいらっしゃってください」

治療といっても、病気の進行を抑えることしか出来ない。いや、それも出来ているのかわからないが、歩けるうちは歩いた方が気分転換にもなる。そう思って、勧めているのだ。逆にいえば、それしか出来ないということだった。

「先生。また、行かせてもらいます」

「待ってますよ」

新吾は立ち上がった。

腰高障子を開けて外に出る。

相変わらず雨が降っていた。

番傘を差して、新吾は弥勒寺橋を渡った。だいぶ道がぬかるみ、水たまりも出来ていた。歩くのに、難渋してきた。

回向院の伽藍《がらん》は煙っていて、雨の中に姿を消している。かなたに、松木義丹の屋敷が見えた。

武次と益次の背後にいるのが、松木義丹ではないかと思うが、その証拠はなかった。

四

雨は明け方には止んでいた。

水たまりが出来、ぬかるんだ庭に出て、新吾は日課の素振りをした。汗が流れてきたとき、ふと示現流の浪人の顔が蘇《よみがえ》った。

あのとき、示現流の初太刀をかわすのが精一杯だった。あの浪人は初太刀だけでなく、そのあとの攻撃にも勢いがあるようだ。

それからの素振りは、示現流の剣との闘いの工夫になり、自分で決めた回数を終えたあとは、いつもより疲労は激しく、息が上がっていた。

汗を拭き、部屋に上がってから朝食をとり、それから自分の部屋に入って書物を読む。

江戸蘭学における大槻玄沢《おおつきげんたく》の後継者といわれている宇田川玄真の著『西説医範提綱《せいせついはんていこう》釈義《しゃくぎ》』を開いた。

この書の中で記されている腺、膣、靭帯、膵臓《すいぞう》、鎖骨などの身体各器官の用語は後世にまで通用し、さらに水素、酸素、窒素、炭素、曹達《ソーダ》、青酸加里《せいさんかり》などの化学用語も訳されていた。

幻宗も師事した宇田川玄真は六十歳である。新吾も一度会って教示を得たいと思っている。

書物を熱心に読んでいると義母が呼びに来た。

「新吾どの。お客さまですよ」

「客？」

このような朝の早い時間に誰だろうと不審に思った。

「どなたでいらっしゃいますか」

「間宮さまと仰るお侍さまです」

「間宮……」

まさか、間宮林蔵か。新吾は混乱した。

「すぐ参ります」

新吾は急いで玄関に向かった。

土間に、袴に二本差しの間宮林蔵が立っていた。

「はじめて御意を得ます。拙者、間宮林蔵と申します」

「宇津木新吾です。どうぞ、お上がりください」

「失礼いたす」

腰から大刀を外し、右手に持ち直してから、林蔵は部屋に上がった。

新吾は客間で、林蔵と差し向かいになった。浅黒い精悍な顔つきだ。

義母が茶を淹《い》れてきた。

「かたじけない」

林蔵は白い歯を見せた。

「どうぞ、ごゆるりと」

義母が部屋を出て行ってから、

「新吾どのはこちらのご子息であるのに、なにゆえ、幻宗どののところに通われているのですかな」

とさりげない様子で、林蔵がきいた。

「幻宗先生のような医者を目指しているのです。貧しい者のために尽くす。幻宗先生こそ、私にとって理想の医者なのです」

新吾は用心深く答える。

なぜ、林蔵が接触をしてきたのか。新吾から何かを探り出そうとしているのか。いったい、何を……。新吾は考えを巡らせる。

「そうですか。この二月に長崎遊学を終えられたそうですね」

「はい」

林蔵はこっちのことをかなり調べ上げているようだ。新吾はますます警戒した。

「長崎ではどなたに師事を？」

「吉雄権之助先生です」

「確か、吉雄権之助どのはシーボルト先生とは親しい間柄でありましたな」

林蔵の目が鈍く光った。

「はい」

「新吾どのも、シーボルト先生とは何度か会われたのか」

「吉雄権之助先生の計らいで、シーボルト先生の『鳴滝塾』に通いましたが、ほとんどの講義は弟子の御方がおやりになり、直にシーボルト先生のお話を聞く機会はたまにしかありませんでした」

林蔵は、いったい何のためにやって来たのか。ますます警戒する。

「シーボルト先生はどのような御方でしたか」

「教えることに熱心でしたが、とても好奇心が旺盛で、知識の吸収に貪欲な御方でした」

「それほど、貪欲でしたか」

「間宮さま。私にご用件とは？」

新吾はたまらずにきいた。

林蔵ははじめて湯吞みに手を伸ばした。

「じつは、私もシーボルト先生が江戸に来たとき、お会いしました。なかなか、大きな人物のように見受けられました。それで、シーボルト先生をよく知る方からお話をお聞きしたいと思ったのです」

素直に頷けない理由だった。

「間宮さまは、幻宗先生とはどのようなご関係なのですか」

「旅先で、出会いました」

「旅先ですか」

「街道とか宿場ではありません。山奥です」

どういうことか、とっさに理解出来なかった。

「山奥?」

「幻宗どのの経歴をご存じか」

「松江藩の藩医の家に生まれ、長崎の遊学を経て、松江藩の江戸屋敷に住んだと聞きました。でも、七年前に突然、藩医をやめたと……」

「なぜ、藩医をやめたかは聞いていますか」

「藩主が病死したのが、幻宗先生が誤診したからだという噂を聞きました」

「そういうことにされているようですな」

「実際は違うのですか」

「私が調べたところでは、まったく違います。幻宗どのは御家騒動に巻き込まれたのです。それで、嫌気が差してやめたのでしょう」

林蔵は穏やかな表情になり、

「その後、幻宗どのは各地の山奥に入り込み、薬草を調べていたのです」

「薬草ですか」

百味簞笥《ひやくみだんす》にはいろいろな種類の薬が入っていた。あれは、幻宗が自分で集めた薬草から作ったものなのか。

藩医をやめたあとの七年間、幻宗の行方が不明だったのは全国の山をまわっていたからか。

「幻宗どのは採集し、まとめた薬草の記録を持って、二年前に江戸に来たシーボルト先生に会っている」

なぜ、林蔵はそこまで詳しいのか。幻宗から聞いたのか。だが、おかげで幻宗のことがおぼろげにわかってきた。

「間宮さま」

新吾は身を乗り出した。

「幻宗先生の支援者はどなたなのでしょうか」

「支援者？」

「はい。幻宗先生は貧富に関係なく患者から薬礼をとりませぬ。でも、それでは、施療院をやっていくことは出来ません。どこからか、資金援助を受けているはずです」

「わからぬ。だが」

と、林蔵は含み笑いをした。

「想像することは出来る」

「どなたでございますか」

「その前に、私の質問に答えてもらいたい」

「なんでしょうか」

「長崎にいたのに、新吾どのはどうして幻宗どののことを知ったのか」

「いえ、知りませんでした。じつは吉雄権之助先生から幻宗先生宛ての手紙を預かり、深川の施療院まで届けたのです。そこではじめてお目にかかりました」

「手紙とな？」

林蔵がまたも含み笑いを浮かべた。

「何が書かれていたかはわかりますか」

「いえ。ただ、渡しただけですから」

「そのときの幻宗どのの反応は？」

「いえ、すぐには読もうとはなさいませんでした」

なぜ、林蔵は手紙のことを気にするのか。

新吾はさらに警戒した。不用意な答えは避けねばならないと思った。

「新吾どのも、手紙の内容が気になったのではないか」

「いえ。権之助先生と幻宗先生は旧知の仲ですし、手紙を書くのは少しも不自然ではないと思っていましたから」

「その手紙は、ほんとうに吉雄権之助どのからのものだけだったのか。もう一通、別の差出人の手紙はなかったのだろうか」

鋭い視線を、林蔵はくれた。

「別の差出人ですか」

動揺を顔に出さないように、新吾はきき返した。

「うむ。たとえば、シーボルト先生からの手紙だ」

「いえ、それはなかったと思います。二通もある厚さではありませんでした」

半分本当で、半分嘘だった。

幻宗は手紙を読んだあと厳しい顔になった。自分が厄介なことを長崎から運んで来たのではないかと気になって、幻宗に内容を訊ねたことがある。

なんでもない、と答えたあとで、幻宗はこう言った。シーボルト先生からの言づけが記されていた、と。

その言づけがなんだったのかはわからない。

だが、林蔵はシーボルトからの手紙を気にしている。いったい、何が問題になっているのか。

「権之助どのの手紙にシーボルト先生の言づけが記されていた可能性もあるな」

林蔵は呟く。

「シーボルト先生の手紙には何か問題があるのですか」

「いや。そうではない」

林蔵は顔をしかめてから、

「新吾どの。わたしがいろいろきいていたとは幻宗どのには言わぬほうがよい。その代わり、わしの想像を話そう」

幻宗の支援者の件だ。

「じつは、わしが何度目かに幻宗どのを訪ねたとき、裁っ着け袴の男が施療院の裏口から出て来るのを見た。わしは気になって、その男のあとをつけた」

新吾は聞き耳を立てた。

「男は芝田《しばた》町にある大きな屋敷に入って行った。土生玄碩《はぶげんせき》どのの屋敷だ。新吾どのは土生玄碩どのを知っているか」

「お名前だけは。眼科医で、奥医師になられた御方」

「そうだ。一介の藩医から奥医師まで上り詰めた男だ。白内障の施術である穿瞳《せんどう》術を会得し、眼病を患うひとびとを治したために名声は高まり、江戸に下って大名の姫君の重い眼病を治してやったことが江戸中の大評判になった。引きも切らず患者は押しかけ、かなりの財産を作った」

　林蔵はさらに続けた。

「シーボルト先生が江戸に来たとき、玄碩も宿を訪ねた。自分で考えついた穿瞳術のことを口にすると、イギリスの眼科医が考えついた施術方法と同じなので、シーボルト先生はたいそう驚いたということだ」

「たいへんな御方なのですね」

　新吾は感心したように言ってから、

「玄碩先生が幻宗先生のためにお金を出しているというのですか」

　と、きいた。

「玄碩どのの貯《たくわ》えは半端ではない。その金が幻宗どのに流れているのではないか」

「しかし、なぜ、玄碩先生はお金を出すのでしょうか」

「それ以上は考える必要ない」

「なぜでございますか」

「知らないでよいこともあろう」

　そう言ったあとで、林蔵は立ち上がった。

「間宮さまは、なぜ、幻宗先生のことを調べていらっしゃるのですか。お役目からでございますか」

「邪魔をした。失礼する。帰り道はわかる」

問いかけに答えず、林蔵は勝手に部屋を出て行った。

新吾は立ち上がれずにいた。

幻宗の支援者が土生玄碩だという。しかし、玄碩が金を出す理由について、林蔵は意味ありげなことを言った。

まるで、幻宗が不当な手段で、玄碩から金を出させているような口振りだった。

それに、気になることはシーボルトとのことだ。シーボルトの言づけとは何だったのか。林蔵はそこに何を見ているのか。

そもそも間宮林蔵とは何者なのだ。


昼前の診療が終わったあと、新吾は義父順庵に訊ねた。

「奥医師の土生玄碩さまをご存じですか」

「土生玄碩？　お会いしたことはないが、いろいろ話は聞いておる。眼科医として名声を得、奥医師にまで上り詰めた。たいした御方だ」

順庵は讃えてから、

「得た財も半端ではなく、患者の薬礼を無造作に袋に貯め、その重さで床が潰れそうになったというほどだ。大名などにも金を貸しておるという噂だ。なんともうらやましい限りだ」

と、涎《よだれ》を流さんばかりに言う。

「お金を貸しているのですか」

「うむ。その利子だけでもかなりのものだそうだ。ぜひ、あやかりたいものよ」

改めて、間宮林蔵の話を思いだす。

幻宗の支援者が土生玄碩だという可能性は高い。問題はふたりの関係だ。土生玄碩は、どういうわけで、幻宗を支援しているのか。

土生玄碩の弱みを握って、幻宗は威して金を出させているのか。そんなことは信じられない。

「新吾。どうした？」

「えっ？」

「何を真剣に考えておるのだ？」

「いえ、別に」

「しかし、土生玄碩どののことを、なぜ気にするのだ？」

「どんな御方かと思いまして」

苦し紛れに言う。

「それより、間宮さまはどんな用件で、そなたを訪ねてこられたのだ？」

「間宮さまをご存じですか」

「漢泉どのから聞いたことがある。地理や算術の才を見込まれて幕府の下役人になり、伊能忠敬から測量を教わり、その後、蝦夷地の測量をしたり、樺太を探索したりした探検家であろう。ただ……」

順庵は渋い表情になり、

「間宮さまは勘定奉行の配下になり、隠密活動をしているということだ」

「隠密？」

意外な言葉を耳にし、新吾は唖然とした。間宮林蔵はシーボルトのことを調べているのだ。いったい、何の疑いがあるのか。そこに、幻宗がどう絡んでいるのか。

新吾は叢雲《むらくも》がわき上がったような胸騒ぎに襲われた。

五

夕方、順庵に断り、新吾は早めに家を出た。

診察が終わったあと、たちまち間宮林蔵の動きや幻宗と土生玄碩の関係などが蘇り、頭を混乱させていた。

梅雨明けが近いことを思わせる夏空の一日だった。両国《りょうごく》の川開きももうすぐだ。

永代橋を渡って、ようやく野うさぎの鉄二のことに思いが向いた。今夜、鉄二を幻宗の施療院に移すのだ。

甚兵衛夫婦に迷惑がかかってはならないということで止むを得ないが、本音をいえば、いまのまま甚兵衛の家で療養したほうが、夫婦にとっても鉄二にとってもよいように思える。その点が残念だった。

仙台堀に出て、伊勢崎町に足を向ける。夕闇が迫ってきた。

甚兵衛の家にやって来た。大戸が閉まっていた。甚兵衛夫婦も幻宗のところに引っ越す支度を済ましているのかもしれない。

新吾は潜り戸に手をかけた。おやっと思った。心張り棒がかかっているらしく、戸が開かない。

「甚兵衛さん」

　新吾は戸を叩いた。

　隣家の下駄屋のおかみが出て来て、

「甚兵衛さん、きょうはずっと大戸は閉まったままでしたよ。昨夜のうちに、出かけたんじゃないですか」

　甚兵衛夫婦はしばらく留守にすることを隣近所に話していたのだろう。

「出かけるところは見ましたか」

「いえ、見ていません。でも、いつも朝の決まった時刻に戸を開けていたのに、このままですからね」

　昨夜、新吾が幻宗の施療院を引き上げたあと、急に事情が変わって昨夜のうちに行動を起こしたとも考えられる。

　幻宗のところに行ってみようと、海辺橋の袂までやって来たとき、幻宗と三升にばったり出会った。

「どちらへ？」

　新吾はふたりにきいた。

「甚兵衛さんのところです」

三升が不思議そうにきく。

「忘れ物ですか」

「忘れ物？」

三升が怪訝そうな顔をしたので、新吾ははっとした。

「ゆうべ、移したのではないのですか」

新吾の顔色を読んだのか、幻宗が厳しい顔を突き出した。

「何かあったのか」

「甚兵衛さんの家の大戸がきょうは一度も開かなかったそうです。隣家のおかみさんが言うには、ゆうべのうちに出かけたのではないかと」

「行ってみる」

いきなり、幻宗が駆けだした。

あわてて、新吾と三升も追う。

甚兵衛の家の前にやって来た。幻宗は潜り戸に手をかけた。が、動かない。

「裏だ」

「はい」

新吾は路地から裏にまわった。さっきの下駄屋のおかみがまた顔を出した。

勝手口は鍵がかかっていなかった。

「甚兵衛さん」

中に入って声をかけた。しかし、返事はない。家の中は静かだ。いや、静かすぎる。

それに、夏なのに空気が凍てついているようだ。

胸騒ぎがし、新吾は立ちすくんだ。

幻宗は無言で板の間に上がり、奥に向かった。はっと我に返り、新吾もあとに従う。

三升も異変を察したのか、表情が強張《こわば》っていた。

奥の部屋の入口で、幻宗が立ち止まった。幻宗から短い溜め息が聞こえた。

新吾は部屋の中を見た。甚兵衛と妻女が倒れていた。ふたりとも胸と腹が黒く染まっていた。血が固まったのだ。

幻宗がゆっくり倒れている甚兵衛に近づいた。新吾と三升も甚兵衛のそばに行った。

「半日以上経つ。殺されたのはゆうべだ」

幻宗は沈んだ声で言う。

「いったい、何が……」

新吾は甚兵衛の顔を覗き込んだ。無念そうな顔だ。妻女も舌をちょっと出し、苦しそうな表情だった。

部屋の角に血糊《ちのり》のついた包丁が落ちていた。この家の台所にあったものだろう。

「酷《ひど》い。なぜ、このようなことを」

そう思ったとき、新吾は立ち上がった。

「鉄二さん」

野うさぎの鉄二の寝床に行く。蛻《もぬけ》の殻《から》だ。

「まさか、鉄二が……」

三升が悲鳴のような声を上げた。

そのとき、女の悲鳴が上がった。下駄屋のおかみが逃げるように外に出て行った。

四半刻後、南町の定町廻り同心の笹本康平が岡っ引きといっしょにやって来た。

甚兵衛夫婦の亡骸を検《あらた》めてから、隣室に控えていた幻宗のところにやって来た。

「殺されたのは昨夜だ。おまえさんたち、ここに何をしに来たんだえ?」

笹本康平は幻宗にきいた。

「ここにいた怪我人を施療院に運ぶためだ」

「怪我人? 誰ですかえ、それは?」

「名前は知りません」

新吾はとっさに答えた。

「いや、野うさぎの鉄二という男だ」

幻宗は正直に答えた。

「先生」

新吾は幻宗の顔を見た。

「野うさぎの鉄二だと。我らが捜している極悪人ではないか。どういうことだえ?」

笹本康平が顔色を変えた。

「野うさぎの鉄二は腹部に傷を負い、この家に逃げ込んだ。この家の甚兵衛夫婦が医者を呼びに行ったとき、たまたま我らと遭遇した」

「それで、治療をしたのかい」

「そうだ」

「なぜ、すぐに町奉行所に届けなかったんです?」

「傷が癒《い》えてから届けるつもりだった」

幻宗は憤然としながら答える。

「で、鉄二の傷はどこまで治癒したんですか」

「傷は塞がったが、激しい動きは無理だ。わしの施療院に連れて行き、そこで完治させるつもりだった」

「鉄二が何人もの人間を殺している男だと知っていたでしょう。それなのに、傷を治そうとしたと」

「目の前の傷病人の命を助けるのが医者の使命だ」

「いいですか。野うさぎの鉄二は甚兵衛夫婦を殺して逃げた。この責任は重いですぞ」

康平は激しく責め、それから、小者に向かって、

「奉行所に走り、手配するように伝えよ」

と、声を張り上げた。

町役人もやって来て、甚兵衛夫婦の遺体と対面した。

新吾は愕然としていた。まさか、鉄二がこのような真似をするとは想像もつかなかった。悔しかった。俺が真人間になれるわけはねえ、と鉄二は吐き捨てた。やはり、あの男は根っからの悪人だったのだ。

最初から傷が癒えたら逃げ出すつもりだったのだ。幻宗の施療院に移れば、逃げ出す機会がないと思ったのだろう。

甚兵衛夫婦は鉄二に自分の息子を重ねていた。最後まで看病をしたいと申し出たほど、親身になって世話をしてきた。

そんな恩人ともいうべき夫婦を手にかけるとは、人間ではない。獣だ。畜生だ。なぜ、このことを予想しなかったのか。新吾は胸をかきむしりたくなった。

幻宗は甚兵衛夫婦の亡骸《なきがら》の前に腰を下ろしていたが、検死与力がやって来て追い払われるようにして離れた。

「引き上げよう」

幻宗は呟くように言う。

家の外に出ると、町方や野次馬《やじうま》で騒然となっていた。その人びとをかき分けるようにして、海辺橋の袂に出て、帰途についた。

三人とも無言だった。あまりに痛ましい結果に愕然とすると同時に、さらに過酷な現実を直視しなければならなかった。

ひと殺しが逃げまわっているのだ。さらなる犠牲者が出る可能性が高い。まだ、傷は治りきったわけではない。それほど遠くには逃げられない。また、どこかの家に押し入り、家人を人質にして立て籠《こ》もるだろう。

もし、相手が抵抗したりすれば容赦なく刃物を使うだろう。人を殺すことに何のためらいもないのだ。

施療院に帰ると、おしんが出てきた。

「患者さんは？」

「来ない」

三升が答える。

「えっ？」

「あとで」

三升の深刻そうな顔に、何か異変を察しておしんははっとしたようだ。

幻宗はさすがに堪《こた》えているようだ。声をかけるのもはばかられた。

三升がおしんに事情を説明している。おしんは強張った顔で聞いていた。衝撃を受けてよろけそうになったおしんの体を、三升がささえた。ふたりが恋仲であることに、新吾は気づいている。

「新吾さま。これから、どうなるのでしょうか」

おしんが泣きそうな顔できいた。

「わかりません。ただ」

新吾は言いよどんだが、思い切って口にした。

「先生のことが心配です。今回のことを、町奉行所がどうみるか。町奉行所に知らせずに、ひと殺しを治療した。そのため、このような結果になった。さっき、同心がこのことは問題だと言っていました」

「しかし、先生は医者としての使命を果たしただけではありませぬか」

三升が意見を述べる。

「そうです。私も先生が間違っているとは思いません。だが、野うさぎの鉄二を追っている町奉行所の人間にわかってもらえるかどうか……」

新吾は唇を噛んだ。

そこに由吉《よしきち》という下男がやって来て、

「親不孝《おやふこう》横丁に役人がうろついています」

「親不孝横丁?」

「近くの女郎屋やいかがわしい呑み屋が軒を並べている一帯です。近所の人間はそう呼んでいます」

三升が答えた。

鉄二が逃げ込むとしたら女郎屋の可能性もある。『叶屋』という切見世のおはつという女郎の顔が脳裏を掠めた。

「ひと殺しが逃げまわってると騒いでいました」

「こっちも戸締りをしっかり頼みましたよ」

三升が言う。

新吾は立ち上がった。

「幻宗先生のところに行ってきます」

「私たちもあとで」

新吾は三升に頷いてから、濡縁のいつもの場所に向かった。

幻宗はやはりそこに座っていた。厳しい横顔に、新吾はすぐに声をかけられなかった。

しばらく佇《たたず》んでいると、三升とおしんもやって来た。三人とも、ただ黙ってその場に佇んでいた。

すると、

「明日からのことだが」

と、幻宗が口を開いた。

「はい」

三人は近づいて腰を下ろした。

幻宗が顔を向けた。

「おそらく、わしはしばらく患者を診ることを差し止められるやもしれぬ」

「えっ、どうしてですか」

三升が反撥《はんぱつ》して言う。

「町奉行所の人間には、ひと殺しでさえも命を救うという医者の使命は理解できないだろう。そういう命令がくだされる可能性がある。そもそも、野うさぎの鉄二を逃がしたのは町奉行所の落ち度だ。鉄二はまたひとを殺した。その責任をわしに向けなければ、町奉行所が非難される。だから、わしを犠牲にするはずだ」

「そんな」

おしんが泣きそうになった。

「新吾、三升、おしんで、この施療院を支えてくれ」

「とんでもない。先生がいらっしゃらなければ難しい患者に対応できませぬ。それに、患者の多くは幻宗先生を頼りにいらしているのです」

新吾は夢中で訴えた。

「それに、おかみにも情けがあるはずです。きっと、先生の行動がわかってもらえるはずです。今から、悲観する必要はないと思います」

少し間を置いてから、幻宗が口を開く。

「わしを目の敵にしている者がいる。おそらく、この機に乗じてわしを潰そうと考えるであろう」

「松木義丹どのですね」

十分に考えられることだ。

「それより恐ろしいのは噂だ」

「噂？」

「さっき、甚兵衛の家をでたとき、瓦版屋《かわらばん》がいた。おそらく、明日には瓦版が書き立てるだろう。そこにはいろいろ尾ひれがつく。患者は離れて行くかもしれぬ」

「……」

新吾は言葉を失った。

幻宗は冷静に事態を見つめているようだ。だったら、何か対策があるのではないか。

「先生、何か対抗出来ることはありませんか」

「ない」

「どうしてですか。患者のためにも、この施療院を続けられるように訴えていくべきではありませんか」

「わしが野うさぎの鉄二を助けたために、甚兵衛夫婦が殺され、今後、さらに犠牲者が出るかもしれない。このことは紛れもない事実だ。この事実をもとに糾弾《きゅうだん》されたら、わしには弁解の余地はない。仮に、医者の使命を訴えたら、よけいに反撥されるだろう。それだけ、甚兵衛夫婦が殺されたことは大きい」

「なんてことだ」

三升が呻いた。

「この施療院がなくなってしまうかもしれないんですか。そんなのいやです」

おしんが泣き声で言う。

「鉄二を捕まえます」

新吾は思わず拳を握りしめた。

「これ以上の犠牲者を出さないためにも、早くあの男を見つけねばなりません」

「あの男を捕まえるのは町奉行所の役目だ」

「私は、あの鉄二にききたいのです。自分の伜のように看病してくれた人間をどうして殺すことが出来たのかと」

新吾は悔しかった。

「おそらく、この施療院は存続の危機を迎えるであろう。だが、ふたりにこれだけは言っておく。わしは、あの男の治療に全力を傾けたことは決して間違いだとは思っていない。医者はどんな相手でも、苦しんでいる人間を救うのは当然のことだ」

「はい」

新吾と三升は同時に答えた。

「ただ、わしは油断をした。もっと慎重になるべきだった。あのような行動に出るとは想像さえしなかった。このことはわしの落ち度だ。いくら責められても抗弁は出来ない」

「先生」

三升が袴を握りしめて泣きだした。

「今夜は遅い。新吾はもう帰れ」

「帰る気にはなれません」

新吾は反撥した。

「まず、大事なことは冷静になることだ。そして、明日から押し寄せる理不尽な攻撃に落ち着いて対応するのだ。そのためにも、今夜は休め」

「はい」

新吾は素直に従うことにした。

「では、私は引き上げます。明日、参ります」

新吾は三升とおしんに向かい、

「あとはよろしくお願いします」

先生のことを頼みますと目顔で言い、新吾は施療院をあとにした。

下男の言う親不孝横丁を通る。町方の手先らしい者がうろついていた。おそらく、深川の盛り場にはこうした手配がなされているのであろう。

深川に逃げ込んだのは佃町の『松野家』のお染に会いたいためだ、と鉄二は言っていた。鉄二が逃げ込むとしたらお染のところかもしれない。

なぜ、こんな事態になったのだと、新吾は胸が張り裂けそうになった。

第三章　幻宗の危機

一

　翌日、午の刻までの診療が終わって療治部屋を出ようとしたとき、ちょうど順庵が往診から帰って来た。近くの富裕な隠居のところだ。

「新吾、これを見ろ」

　興奮した口振りで、手にしたものを見せた。

　新吾は息を呑んだ。瓦版だ。

　目を通して、体が震えてきた。予想した以上に酷い内容だった。同心に深手を負わされながら逃走したひと殺しの野うさぎの鉄二を、深川常磐町の蘭方医村松幻宗が匿って治療し、傷が癒えると同時に鉄二は看病をしていた老夫婦を殺して再び逃亡した。

ひと殺しを蘇らせた村松幻宗はいろいろ曰く付きの医者であり……。

読むに堪えず、新吾は途中で瓦版を引き裂いた。

「新吾。ここに書かれていることはほんとうなのか」

順庵は真顔できいた。

「野うさぎの鉄二を治療したことはほんとうです。幻宗先生はどんな人間であろうと命を救うのが医者の使命だと考えていらっしゃるのです。でも、幻宗先生は傷が癒えたら町奉行所に差し出すつもりでした。それが、こんなことになってしまったのです」

新吾は唇を嚙んだ。

「何人もの命を奪った人間の命を救う意義はあるのか。どうせ、獄門になる身ではないか。そんな時間があれば、もっと他の多くの善良な病人の治療をすべきだ」

「幻宗先生にとっては目の前の患者を助けることが第一義なのです。そこが医者の本分なのです。私も、そう思います」

「ばかな。世の中の役に立つ人間と災いを及ぼす人間。どちらかを助けなければならないとしたら、どちらを選ぶか考えるまでもない」

「幻宗先生なら、こうおっしゃいます。両方助けると」

「では、薬がひとりぶんしかなかったらどうだ？　どちらかひとりしか助けられぬ。そのような状況でどちらを助けるのだ？」

「そのときの状況で……」

新吾は苦し紛れに答える。

「そのときの状況だと？　いずれにしろ、どちらかを選ばなければならぬ。まさか善人を見殺しにし、悪人を助けることなどあり得まい」

「善人か悪人か、どうやって見極めることが出来るのですか。そんな判断は医者には出来ません。ですから、より症状が重いほうを助けるのです」

「では、症状が同じならどうだ？」

「……」

こんな議論を続けても仕方ない。

新吾が黙ったのを、順庵は返答に窮したとおもったのかにやりと笑い、

「いいか。現実はそんなきれいごとではいかないのだ。医者とて患者を選別しなければならぬときがある。おとなと子どもの場合とて、子どもを先に助けるだろう」

金のあるなしでは選別しませんと言おうとしたが、これ以上言い合いを続けたくなかった。早く、幻宗のところに行きたいのだ。

「ともかく、幻宗の責任は重い」

そう言い捨て、勝ち誇ったように順庵は離れて行った。

永代橋を渡ると、町方の手先らしい人間がうろついていた。橋の袂に見張りを置いているのは、鉄二を深川の内に封じ込めておこうという目的もあるのだろう。おそらく両国橋にも監視がいるはずだ。

しかし、事件発覚から丸一日経っている。甚兵衛夫婦を殺害したあと、すでに鉄二は永代橋を渡って逃げたかもしれない。

そんなに遠くまで歩けるほどに怪我は回復していないと町奉行所では判断してのことだろうが、鉄二ほどの強靭な肉体と精神を持っていれば必ずしも不可能ではない。

新吾は別の理由で、鉄二は深川に潜んでいると思っている。『松野家』のお染だ。ふたりの関係がどの程度のものかわからないが、鉄二はお染に会いたがっていたのだ。

伊勢崎町を通ると、甚兵衛の家に忌中の貼紙がしてあった。

新吾は甚兵衛の家に上がった。家主や近所のおかみさんたちが立ち働いていた。今夜が通夜だ。他に身寄りのいない老夫婦は町のひとびとによって見送られるのだ。

逆さ屏風の前で、甚兵衛夫婦はふたり仲良く眠っていた。

新吾は線香を上げて合掌した。もし、鉄二を甚兵衛の家で最後まで面倒をみることになっていたら、鉄二もこのような真似はしなかったのだろうか。

「ごくろうさまです」

新吾に声をかけたのは、隣家のおかみさんだった。

「まさか、甚兵衛さんの家にあんな恐ろしい男がいたなんて。もしかしたら、うちにまで災いが及んでいたかもしれないもの」

おかみさんは怒りをぶつけるように言う。

「甚兵衛さんは、家出した息子さんのつもりで看病していたんです」

「そういえば、息子がいたわねえ」

おかみは痛ましげに言う。

「一昨日の夜、この家から悲鳴は聞こえませんでしたか」

「一度、やめろという大きな声が聞こえましたけど、それだけです。すぐ、静かになりました」

「やめろ？　甚兵衛さんの声でしょうか」

「だと思いますけど」

「時刻は？」

「寝入りばなでしたから、四つ（午後十時）ごろです。お役人にもそう言いました。きっと、そのとき甚兵衛さんたちは……」

おかみは声を詰まらせた。

「いいひとでしたのに」

「ええ。ほんとうにいいひとたちでした」

新吾はやりきれないように言い、改めて鉄二に対して怒りが込み上げてきた。所詮、真人間などになれるはずはなかったのだ。

もう一度合掌してから、新吾は座を立った。

外に出ると、同心の笹本康平と出会った。

「笹本さま。探索のほうはいかがですか」

「いや、難航してます。付近の家を一軒一軒当たっています。特に、ひとり暮らしや年寄りだけの家は注意しているのだが」

「犯行は一昨夜の四つごろなのですね」

「うむ」

「不審な男を見ている者はいなかったのですか」

「いませんでした。その時分、対岸にある酒屋の主人が海辺橋のほうに向かっていく川船を見ていた。船にはふたりの男が乗っていたようです。もちろん、暗くて顔はわからないが」

「どこの船かわからないのですか」

「この辺りを行き来する船の船頭にきいてまわったのですが、その時分に船を出した者はいなかった」

「野うさぎの鉄二に仲間はいないのですか」

「いません」

「奉行所から牢屋敷に戻る途中に鉄二は脱走したということですが、誰か手助けした者がいたのではありませんか」

「いや、それはないはずだが」

甚兵衛がいつか言っていたことがある。家の周辺を怪しい男がうろついていたと。

「もしや、その船で逃げたのでは？」

「奴に仲間がいないことははっきりしてます。それに、甚兵衛は包丁で刺されていたんだ。仲間がいたのなら匕首を使ったのでは」

ほんとうに仲間はいなかったのだろうか。

しかし、仲間がいたとしても、どうして仲間は鉄二が甚兵衛のところにいるとわかったのか。

「旦那」

岡っ引きらしい男が笹本康平に近づいてきた。

「ちょうどいいところにきた。宇津木どの。新しく手札を与えた与吉《よきち》だ。こちら、蘭方医の宇津木新吾どのだ」

与吉は三十歳ぐらいのどこかのんびりとした感じの男だった。岡っ引きには見えない穏やかな顔だちだ。前任者の岡っ引きに裏切られたので、信頼が出来るかどうかで選んだのかもしれない。

「宇津木新吾です」

「へえ。与吉と申します」

「与吉。なんだ？」

思いだして、笹本康平がきいた。

「あっ、そうでした。大島町《おおじま》の木戸番が腹を押さえながら歩いている男を見たという件ですが、人違いだったそうです。近くに住む左官屋の男が食い物に中《あた》って……」

新吾は会釈をして、ふたりと別れた。

幻宗の施療院に行くと、いつもはおとなしい患者たちが大広間で騒いでいた。

「みなさん、落ち着いてください」

新吾は大声を張り上げて制した。

「幻宗先生はどうなってしまうんだ？」

年寄りが声を震わせた。

「私たちはどうしたらいいんですか」

女が叫ぶ。

「心配いりません。どうか、落ち着いて」

幻宗はいないようだ。町奉行所に呼ばれたのか。

そのとき、療治部屋から激しい物音がした。新吾は驚いてそっちに行った。

数人の男が診療道具を倒したのだ。三升とおしんが必死に叫んでいた。

「かまわねえ。ぶっ壊してしまえ」

目付きの鋭い男が迫って怒鳴る。

「やめなさい」

新吾は男たちの前にまわった。

「幻宗はひと殺しの味方か。悪事で稼いだ金で、何も知らねえ善良な人間の治療をただでしていたっていうではないか」

よく通ってきている炭屋の隠居だ。

「瓦版に書かれているのは出鱈目です」

新吾は叫ぶ。

「なにを言いやがる。裏で悪事を働いて儲けてるんじゃなきゃ、ただで診療などやっていられるか。他人を犠牲にした金で治療してもらったって、うれしくも何ともねえ」

「ご隠居は幻宗先生を信頼していたのではありませんか」

「そうだ。だからよけいに裏切られた思いが強いんだ」

「構わねえ。やっちまえ」

目付きの鋭い男が騒ぐのを、

「やめるのだ」

と、新吾は一喝した。

「あなたは、見かけない顔ですね。名前は?」

男はにやついているだけだ。

「おしんさん。このひとを知っていますか」

「いえ、うちの患者ではありません」

「誰かに頼まれて来たのだな。武次や益次の仲間か」

「そんな男は知らねえな」

「ご隠居は、このひとを知っていますか」

「知らねえ」

「そうですか。知りませんか」

「そんなことは関係ねえ。幻宗のやっていたことが問題なんだ」

「どう問題なんです？　幻宗先生のおかげで、のほほんとできなくなったひとたちにとっては問題でしょうが」

新吾は隠居に向かい、

「この男はこの機に乗じて、ここを壊しに来たんですよ。もちろん、誰かに頼まれてです。ご隠居はそんな男の口車に乗って……」

「俺はそんなばかじゃねえ。幻宗がひと殺しの傷を治したために罪のない人間が犠牲になったんだ」

隠居は幻宗を非難した。

大広間にいた患者もこの部屋に詰めかけていた。新吾はみなに聞こえるように大声を出した。

「よいですか。目の前の怪我人や病人を助けることに全力を尽くす。それが、医者の使命なのです。相手がどんな人間だろうが関係ないのです。今回、たまたまその相手が野うさぎの鉄二だっただけです。先生はひと殺しの傷を治したのではありません。瀕死の怪我人を救ったのです」

「そのために、罪もない人間が殺されたんだ」

「その点については、先生も我らも心を痛めております。だからといって、みなさんが先生を非難するのは間違っています」

「俺たちがおかしいというのか」

目付きの鋭い男が叫ぶ。

「みなさん、落ち着いてください。この機に乗じて幻宗先生を貶《おとし》めようとする者がいるのです。その者たちに踊らされてはなりません」

「さっきから聞いていれば、俺たちはばかだから、ひとに踊らされているだけだって言いやがって」

「一番騒いでいるのはあなたですね。今まで一度もここに来たことのないあなたが、なぜ、先頭に立って騒いでいるのですか。誰かに頼まれてのことですか」

「なにを」

目付きの鋭い男がいきり立った。

「みなさんも、このひとの言うように、施療院を目茶苦茶にしたいのですか。そうなったら、もうみなさんの治療は出来ませんよ」

皆はお互い顔を見合わせている。

「さあ、早く診療をしましょう。みなさん待合部屋のほうに行ってください」

「幻宗先生がいなくちゃ、診てもらっても仕方ねえぜ」

目付きの鋭い男が大声を張り上げて部屋を出て行く。

「俺は引き上げる」

隠居が引き上げた。

あとに続くものが多く、大広間に残ったのは僅かな人数だった。

「先生は？」

新吾は三升とおしんにきいた。

「八丁堀《はっちょうぼり》の与力がやって来て、先生を大番屋に連れて行きました。しばらく、帰ってこられないかもしれぬと言い残して」

「なんですって」

「新吾さま。悔しい」

おしんが泣きながら言う。

「ともかく、ここを片づけ、患者さんの治療をはじめましょう」

新吾が励ました。

「でも、ほんとうに治療が必要なひとは残っていません」

大広間にいる患者の顔ぶれを見て言う。

「では、あの方々の診療を任せてよろしいですか。私は大番屋に行ってきます」

新吾が厳しい顔で言うと、

「待ってください。幻宗先生の言づてです。新吾は大番屋に駆けつけようとするだろうが引き止めろと。それより、施療院を頼むと。でも、こんなことになって……」

と、三升が沈んだ声で言う。

「三升さん。このまま手をこまねいているわけには参りません。先生が早く帰ってこられるように、私は動いてみます」

「動くというと？」

三升が不思議そうにきいた。

「私は、鉄二を捜します。新たな犠牲者が出る前に捕まえないと、さらに幻宗先生を激しく非難する声が高まります」

「当てはあるのでしょうか」

「いえ。でも、激しく体を動かせば傷口が再び開きます。もしかしたら、医者のところに駆け込んでいるかもしれません。そういうところから捜してみます」

新吾はそう言ったが、鉄二の強靭な肉体はもはや自然治癒に任せてもいい状態だ。休んでさえいれば、それ以上の治療を行わずとも完治するところまで来ている。新吾はそう見た。

「また、夕方、寄ってみます」

新吾はあとをふたりに任せて施療院を出た。

新吾は永代寺門前町《えいたいじもんぜんまち》から蓬萊橋《ほうらいばし》を渡り、佃町《つくだちょう》にやって来た。まだ、陽は高い。安っぽい女郎屋が軒を並べている。

やはり、町奉行所の人間の姿があった。

新吾は『松野家』を見つけた。客を呼び込むにはまだ時間が早そうだ。女たちはまだ店先に出ていない。

新吾は『松野家』の戸障子を開けて土間に入った。

「ごめん」

声をかけると、梯子段《はしごだん》の横の部屋から、きつね顔の女が顔を出した。

「お侍さん。まだ、早いんですよ」

「いえ、客ではないんです。お染さんというひとに会いに来ました。お願い出来ませんか」

「お染ですかえ。どんな用？」

きつね顔の女は立ち上がって出て来て、新吾をなめるように見る。

「ちょっと知り合いのことできたいことがありまして」

女将らしいその女は、

「話をきくだけでも花代はもらいますよ」

と、口元を歪めた。

「構いません」

「そう」

女は梯子段の下から二階に向かって、

「お染、ちょっと下りておいで」

軋む音がして、女が梯子段を下りてきた。化粧をし終えたばかりのようで、顔は白く塗りたくっていたが、まだ浴衣《ゆかた》姿だった。

「このお侍さんがね。おまえにききたいことがあるそうだ。花代をちゃんともらうから少し相手をしてやってちょうだい」

「わかった」

お染はけだるそうに、

「どうぞ」

と、声をかけた。

「お侍さん。お腰のものは預らせていただきます」

「わかりました」

新吾は大小を腰から外し、女将らしい女に渡した。

お染の案内で、二階の小部屋に行く。壁がところどころ剝がれた四畳半の部屋だ。

鏡台に、茶簞笥が置いてある。

「話ってなんですか」

お染が足を投げ出すように座ってから口を開いた。

「野うさぎの鉄二という男をご存じですか」

「……」

お染は眉根を寄せた。

お染は二十五、六歳か。暗い感じの女だ。

「知りません」

お染は答えた。

「ほんとうですか」

「ええ」

お染は横を向いた。

「鉄二は人殺しの罪で捕まったものの、町奉行所から牢屋敷に戻る途中に逃亡しました。そのとき、鉄二は大怪我をしていました」

新吾は大雑把に鉄二を知った経緯を説明してから、

「なぜ、深川に逃げて来たのか。そのわけを、『松野家』のお染に会うためだと話してくれたのです」

「……」

「まだ、鉄二は逃げています。きっと、あなたに会いに来ると思います」

「来やしませんよ」

投げやりに、お染は言う。

「それに、さっきも町方が階下に来てましたよ。ひと殺しが立ち寄るかもしれないと。こんなところに、のこのこやって来たら、すぐに捕まっちまいますよ。そんなばかじゃないでしょう」

お染は表情を変えずに言う。

「やはり、ご存じなのですね」

「何度か来たわ。それだけ」

お染は認めた。

「そうでしょうか。鉄二はあなたに会いたいがために脱走したんです。だから、きっと来ます」

「だったら、どうしろと？」

「自首するように勧めて欲しいのです。もし、聞き入れそうもなければ、幻宗先生のところに顔を出すように説き伏せてくださいませぬか」

「お侍さんのお名前は？」

「私は宇津木新吾と申します。蘭方医の幻宗先生の弟子です」

「お医者さん？」

「そうです」

お染は溜め息をついてから、

「お侍さんの言うように、きっとあのひとはここに来るわ」

と、はっきり言った。

「やはり、そうなんですね。とても会いたがっていた様子でしたから」

「会いたい？」

うふっと、お染はおかしそうに笑った。

「そんなんじゃないわ」

「どういうことですか」

「あのひとが私に会いたがっているわけは、私に仕返しをするためでしょう」

「仕返し？」

「そう。私を殺すため」

お染は儚《はかな》げに笑った。

新吾は唖然としてお染の次の言葉を待った。

二

お染が重い口を開いたのは、しばらくの沈黙があってからのことだった。窓から入り込む西陽がだいぶ弱くなった。

「私は鉄二の女房だったわ。芝神明《しばしんめい》町の水茶屋で働いているときに出会い、それから乞われるままいっしょになった。やくざな男だったけど、やさしかったし……。でも、やさしかったのは当座だけ」

お染はきっと眦《まなじり》をつり上げた。

「結婚して半年後に、鉄二は私を根津権現前にある遊女屋に売り飛ばしたわ。そこで三年間、働きづめで体を壊して追い出された。そのあと、私を引き取ってくれたけど、なんとか元気になったら、また売られたわ。ここが三度目よ。病気持ちの女が働けるところは岡場所しかないわ」

なんと悲惨な、と新吾は痛ましい思いで、お染の話を聞いた。

「ひと月ほど前、鉄二がここにやって来たわ。着物に血がついていた。また、誰かを殺したのだと思ってきいたら、ぽろりと漏らしたわ。日本橋本町三丁目の醤油問屋の主人を殺したって」

お染は自嘲ぎみに口元を歪め、

「それまでにも何人もひとを殺しているらしいことに気づいていたわ。だけど、知らない振りをしていたのよ。でも、あのひとの口からまたひとを殺したと聞いたとき、このまま野放しにしておいちゃだめだと思い、私の客のひとりにすべてを打ち明け、町奉行所に密告をしてもらったの。あのひとが捕まったとき、ほっとした。長い間、私を縛りつけていたものから解き放たれたのだもの」

　お染は寂しそうな顔で言う。

「でも、あのひとが脱走し、海辺大工町の下駄屋の夫婦を殺したと聞いたとき、私に仕返しに来るのだと思ったわ」

「まさか、あなたを殺すためだったとは……」

「あのひとは自分を裏切った人間は絶対に許さないもの」

「町奉行所には訴え出たのですか」

　お染は首を横に振った。

「どうしてですか」

「私もこれ以上生きていても仕方ないもの。あのひとが獄門になったら、私も死のうと思っていた」

「いまでも、あなたは鉄二のことを?」

「変よね。あんな極悪人なのに忘れることが出来ないなんて」

「町奉行所に訴えましょう。早く捕まえないと、さらに犠牲者が出るかもしれません。あなたを囮《おとり》にするような形になるかもしれませんが、鉄二さんにこれ以上の罪を犯させないためにも」

お染は俯いた。

「お染さん」

決心がつきかねるように、またもお染は首を横に振った。

「幻宗先生は瀕死の鉄二さんに治療を施して助けました。どうせ助かっても獄門になるのにどうして助けるのかとききました。幻宗先生は、罪を悔い改め真人間になって獄門になってもらいたいのだと言っていたのです。鉄二さんに真人間になってもらうためにも……」

「無理です。あの男は根っからの悪人です。鬼のような男です。罪を悔い改めるなんて、あり得ません。何年間かいっしょに暮らしてきた私にはわかります」

「では、このままにしておくのですか。あなたを殺したあと、鉄二さんはまだひとを殺し続けますよ。それでも、いいんですか」

「……」

「だいじょうぶです。このお店のひとには迷惑がかからないように外で見張ってもらいます。お染さん」

最後は強い口調で呼びかけた。

はっとしたように、お染は顔を上げた。

「わかりました。お任せいたします」

「ありがとう」

新吾は花代を払って『松野家』を出た。


外に出ると、夕闇が下りていた。遊女屋の軒行灯に灯が入り、妖しげな雰囲気が漂いはじめていた。

新吾は幻宗の施療院に向かう途中、町奉行所の手先らしい人間を見つけると声をかけて、笹本康平の居場所をきいた。

そこに行ってみると、康平はすでに他に移動したあとで会えなかった。

小名木川にかかる高橋の手前で、岡っ引きの与吉に会った。

「与吉親分」

新吾は声をかけた。

「宇津木さま。何か」

「じつはお話があります」

かい摘んで鉄二とお染とのことを話し、

「笹本さまにもお話ししたいので捜してもらえませんか。私は幻宗先生の施療院でお待ちしています」

「わかりました。さっそく、捜してきます」

与吉は冬木《ふゆき》町のほうに走って行った。

新吾は幻宗の施療院に行った。

幻宗は帰っていた。

「先生。お帰りでしたか」

新吾は幻宗のそばに座った。

「心配をかけた」

「で、どうだったのですか」

「鉄二を助けた理由をきかれた。だから、医者の使命を話した。そのことはわかってくれたが、鉄二のことを町奉行所に知らせなかった責任を問われた。この点については、申し開きの余地はない。いずれ、何らかの処分が下されるだろう」

新吾は何もいえなかった。

「このまま留め置かれると思ったが、同心の津久井半兵衛《つくいはんべえ》どのが理解を示してくださり、与力に進言してくれた。おかげで、帰ることが出来た」

「津久井半兵衛さまですか」

上島漠泉に引き合わせてもらった定町廻り同心だ。

鉄二は日本橋本町三丁目の醬油問屋の主人を殺害した疑いで捕まったのだが、日本橋・神田周辺を縄張りにしているのが津久井半兵衛である。その関係で、半兵衛が幻宗の調べをしたのだろう。

「だが、与力からは、鉄二が捕まるまでは医者として働いてはならぬと厳命を受けた。謹慎をし、しばらく診療をやめろという」

「診療をやめろですって」

新吾はあわてた。

「ひとが死んだことは紛れもない。その反省の気持ちを示す意味でも謹慎しろということだ。だが、命に関わる重篤な患者の治療はするつもりだ。津久井どのも重大な症状の患者に限っては許してやって欲しいと与力に訴えてくれた」

「そうですか。津久井さまがそこまで……」

意外な気がした。

「患者の動揺が激しいようだの」

「はい。武次や益次の仲間と思われる男が患者を焚きつけておりました。炭屋の隠居も誰かに吹き込まれたのではないかと思われます」

「そうか」

「鉄二の騒ぎに乗じて、松木義丹どのが背後で糸を引いているのではないかと思われますが」

「証拠はないのだ。滅多なことを言うものではない」

幻宗がたしなめる。

「はい」

新吾は引き下がったが、松木義丹の仕業だと確信している。

「新吾さま」

おしんがやって来た。

「笹本さまと与吉親分がいらっしゃいました。大広間にお通ししました」

「わかりました。先生には、あとでお話をいたします」

新吾は会釈をして立ち上がった。

大広間に、笹本康平と与吉が待っていた。

「お呼び立てしてもうしわけありません」

新吾が詫びると、

「早く聞かせていただこう」

と、笹本康平が急かした。

「はい」

新吾はさっそく切り出した。

「野うさぎの鉄二が深川に逃げたのにはわけがありました。佃町の遊女屋『松野家』のお染という女に会いに行くためだと打ち明けました。それで、『松野家』に行き、会って来ました。すると、鉄二とお染は夫婦だったそうです」

根津権現前の遊女屋に売り飛ばすなど、お染は酷い仕打ちを受け、最後は『松野家』に売られた。それでも、ときたま会いに来ていたと話し、

「ひと月ほど前、やって来た鉄二の着物に血がついていたので、問いつめたところ、本町三丁目の醬油問屋の主人を殺したことを漏らしたそうです。その翌夜、馴染みの客に頼み、鉄二の住まいを奉行所に密告してもらったということです」

新吾は息継ぎをしてから、

「つまり、鉄二はお染に仕返しをするために会いに行こうとしているのです」

「鉄二の野郎」

笹本康平は呻くように言う。

「確かに、密告があって、鉄二の住まいを急襲したそうです。密告の主はお染だったのか」

「はい。きっと、鉄二はお染のところに向かいます」

「よし、あの一帯に張り込みをさせます。お染を殺させてはならぬ」

康平は闘志を剝き出しにして言う。

「よく、教えてくれました。さっそく手配します」

康平と与吉は立ち上がった。

ふたりが引き上げたあと、今の話を幻宗にした。

「鉄二はそなたにお染の話をしたのか」

「はい」

「それはいつだ？」

「こちらに移すという前日だったと思います」

「そのときの鉄二の表情は？」

「はい。ぎらついた感じはしませんでした。むしろ、穏やかな表情で、殺意を秘めているとはとうてい想像も出来ませんでした」

幻宗は厳しい顔で腕組みをし、目を閉じたまま黙りこくった。何を考えているのか、わからなかった。

あまりに長いので、新吾は声をかけた。

「先生」

「うむ?」

やっと、幻宗は腕組みを解き、目を開いた。

「何かお考えのことが?」

「いや、なんでもない。それより、もう、夜も更けた。早く、帰るがよい」

「はい。明日、昼過ぎから参ります」

新吾は幻宗のところを辞去した。明日、患者は来るだろうか。来ても、幻宗は重病人しか診察出来ない。

夜になってもむっとするような不快な風を受けながら、新吾は永代橋を渡った。

三

翌日の昼過ぎ、新吾は幻宗の施療院にやって来た。

大広間を見て、新吾は愕然とした。まばらに患者がいるだけだった。

「これは……」

これほどだとは、予想外だった。

やはり、誰かが妨害をしているとしか思えない。

「先生は？」

「いま、間宮さまがいらっしゃっています」

間宮林蔵……。いったい、何を調べているのか。長崎からの手紙を気にしていた。

シーボルトからの言づてが気になっているようだったが、そこに何があるのか。

「三升さん。眼科医の土生玄碩さまをご存じですか」

「高名な御方ですからね。名前ぐらいは」

「幻宗先生と土生玄碩さまはお親しいのでしょうか」

「いえ」

「土生玄碩さまのお使いはここにやって来ますか」

「いえ、知りません」

三升は小首を傾げた。

「よく、幻宗先生を訪ねてやってくるひとは、どなたなんでしょうか」

「毎月やって来るのは、薬売りの行商人ですね。先生は薬草を買い求めていますから」

「薬売りですか」

薬売りなら、頻繁にやって来ても不思議はない。それに、当然、いろいろな医家にも出入りをする。土生玄碩のところに行くこともあろう。

「そのひとの名前はわかりますか」

「ええ、多三郎《たさぶろう》さんです」

「どこのひとかわかりますか」

「いえ、知りません。あっ、そうそう相模《さがみ》のほうかもしれません。一度、大山《おおやま》参りの話をしてくれました。大山の地形にかなり詳しかったので」

「相模ですか」

間宮林蔵は多三郎を土生玄碩の使いだと思ったのではないか。その可能性は十分にあると思った。

だが、別に使いの男がいるのかもしれない。

「多三郎さんはどんな風貌の御方ですか」

「胴長短足でなんだかとても暗い感じのひとです。年の頃は、三十半ばでしょうか」

「行商人で、暗い感じというのもなんだかおかしいですね」

「ええ、私も最初はそう思いましたが、売っているのは薬ですから愛嬌で商売をする必要はないだろうと納得しました」

「なるほど」

相槌を打ったが、新吾は納得は出来なかった。

「そのことが何か」

三升が不思議そうな顔をした。

「いえ。幻宗先生のところに、他にどんなひとが出入りしているのかを知りたいと思ったんです。それより、診療のほうは？」

「ご覧のとおりの患者さんしかいませんから、私だけで」

「そうですか」

「幻宗先生は、かなり弱っておられるようだと想像するのですが、気力は失われていません。その点は安心です」

「そうですね。ほんとうに強い御方です」

新吾は感歎《かんたん》して言う。

「ちょっと外に出て来ます」

新吾は立ち上がり、玄関に向かった。

新吾は小名木川にかかる高橋の袂に立っていた。

諸肌脱いだ船頭が棹を扱い、川船が橋をくぐって行く。船頭のたくましい体に容赦なく強い陽射が当たり、額から汗が流れている。

川船を見送りながら、鉄二が甚兵衛夫婦を殺して逃げた夜、仙台堀を川船が海辺橋のほうに向かって行ったという話を思いだした。

手負いの鉄二はそれほど遠くには逃げられないはずだ。船に乗り込んだということは考えられないか。

いや、それはないと、自分の考えを否定した。船頭に怪しまれずに乗ることは出来ず、かといって船頭が仲間だとは思えない。

他人と折り合うことが出来ない鉄二には仲間はいないはずなのだ。やはり、ひとりで傷口をかばいながら歩いて逃げたのだ。

どこかに身を隠している。または、どこかの家に入り込み、家人を威して潜んでいるのかもしれない。激しい動きは傷に障る。傷が完全に治るまで、じっとしているのだ。そう思ったとき、またも仲間のことを考えた。

ほんとうに、鉄二に仲間はいなかったのか。どんな人間にでも、ひとりぐらいは心を通わすことの出来る仲間がいるのではないか。

以前にも考えたことだが、甚兵衛の家の周囲をうろついていた怪しい影こそ鉄二の仲間だったのでないか。

そう考えたら、いまだに鉄二が姿を現さないことが理解出来る。鉄二は仲間に救出され、船で隠れ家に向かったのだ。

仙台堀を大川と逆の方向、東を目指したのだ。町奉行所の人間は町屋を捜しているが、隠れ家はもっと奥の十万坪《じゅうまんつぼ》、あるいは砂村新田《すなむらしんでん》のほうなのではないか。

だとしたら、いくら町屋を捜しても見つかるはずはない。

そんなことを考えていると、待ちかねた饅頭笠をかぶった侍がやって来た。近づくのを待って、新吾は前に飛び出した。

「間宮さま」

「おや、そなたは宇津木新吾どの」

林蔵は感情を抑えたような声で言った。

「お待ちしておりました」

「うむ。シーボルト先生のことで何か思いだされたのか」

林蔵は皮肉そうな笑みを浮かべた。

「いえ。きょうは幻宗先生のところにはどんな御用で?」

間宮林蔵は隠密らしい。何を調べているのか気になる。

「なぜ、獄門になるはずの男の傷を治したのか、その回答を得てきたところだ」

「納得していただけましたか」

「医者として当然だ」

林蔵は言い切った。

「だが、逃がしたのは迂闊《うかつ》であった。幻宗どのは、男がまだ自由に動ける体ではないと考えたようだが、その判断を誤った。その結果、最悪の事態になった。このことは幻宗どのも認めている」

「間宮さまは、なんのために、そのことを調べているのですか」

「幻宗どのを助けたいのだ。だが、あの男は頑固だ」

「頑固? 先生は間宮さまの助けを必要としないと言うのですか」

「まあ、そういうことだ。それより、わざわざ、わしを待っていたのはそのことをきくためではあるまい。何がききたいのだ?」

林蔵の目が鈍く光った。

「恐れ入ります。間宮さまは薬売りの多三郎をご存じでいらっしゃいますか。ひょっとして、土生玄碩さまのお屋敷までつけたというのは？」

「うむ。そうだ。多三郎だ。あの男は薬売りと称しているが、玄碩どのと幻宗どののところにしか行かない」

「その多三郎に確かめたことはあるのでしょうか」

「いや。ない」

「玄碩さまのお屋敷は確か芝《しば》のほうだとお聞きしましたが、深川から芝まで多三郎のあとをつけたのでございますか」

「まあ、そういうわけだ」

曖昧《あいまい》に笑った。

「なぜ、多三郎のあとをつけたのですか。どこか怪しい挙動でも？」

「そういうわけではない。まあ、そんなことはどうでもよいこと。要はシーボルト……。いや、いい」

林蔵はあとの言葉を打ち切った。

「では、失礼する」

新吾の脇をすり抜け、林蔵は高橋を渡って行った。

ひょっとして、林蔵は何らかの用事で、土生玄碩のところにも顔を出しているのではないか。そこで、幻宗の施療院に出入りをしている多三郎を見つけた。そういうことだったのかもしれない。

だが、なぜ、林蔵は土生玄碩のところにも顔を出しているのか。その手掛かりはシーボルトだ。

シーボルトが江戸に来たとき、玄碩も会っている。幻宗もシーボルトに会っているのだ。どうやら、林蔵はシーボルトと接触した人間から何かを探ろうとしているようだ。

そのとき、はったと思いだしたことがあった。

義父順庵は間宮林蔵のことを上島漠泉から聞いたと言っていた。なぜ、漠泉は林蔵のことを知っていたのか。

（まさか……）

林蔵は漠泉のところにも行っているのではないか。シーボルトが江戸にやって来たとき、漠泉も宿泊先を訪ねたと言っていた。

そのことを確かめたい。これから、松木義丹の周辺を調べたり、鉄二が船で逃げたということも考えて、砂村新田のほうまで足を伸ばしてみたいが、林蔵の動きも気になった。

林蔵とシーボルト。何かが起ろうとしている不安がまたしても萌《きざ》した。

新吾は高橋から本所に向かった。

回向院前にある松木義丹の家の前にやって来た。たいそうな造りの屋敷で、羽振りのよいことが窺える。

さっきから患者の出入りが多い。その中に、見覚えのある男を見つけた。幻宗のところに通っていた患者だ。金銭的に余裕のある患者は松木義丹のほうに乗り換えたようだ。

わずか、一日か二日でこんなあっさり患者が心変わりしてしまうとは思えない。もっと以前から、幻宗に対する誹謗中傷《ひぼうちゅうしょう》が蔓延《まんえん》していた。そこに、鉄二の事件が起きた。だから、患者がすぐに逃げたのではないか。

武次や益次、それに先日、施療院の中で暴れようとした男も含め、各所で幻宗の悪口を言いふらしていたのではないか。いや、松木義丹につらなる漢方医も患者に、幻宗についてあることないことを言っているのだ。

それから、新吾は仙台堀に向かった。途中、何カ所かの町医者の前を通ったが、かなり患者が増えているようだった。

幻宗のところから流れた患者であろう。ただ、小金を持っている者は他の町医者に行けばいいが、貧しい者は幻宗のところに行くしかない。

なんとしてでも、鉄二を見つけなければならない。

新吾は海辺橋に出てから仙台堀に沿って砂村新田の方向を目指した。亀久橋《かめひさ》を過ぎると、材木置場が見えて来る。

町奉行所の人間が見回っている。鉄二は町屋にはいない。だんだん、新吾はそう確信してきた。

鉄二には仲間がいたのだ。船で仙台堀をもっと奥に向かったのに違いない。なにしろ、鉄二に必要なのは時間だ。日にちがたてば、傷は完治に向かう。そう考えれば、どこかの百姓家か掘っ建て小屋か、百姓地のどこかで身を潜めるのが、もっとも安全ではないか。

新吾が思いついたのは新田の開拓地だ。そこに、身を潜めるような場所があるのだ。

大横川《おおよこ》とぶつかる。新吾は堀に沿って進む。

一橋《ひとつばし》家の抱《かかえ》屋敷が見える。開拓地に入って来た。十万坪、またの名を千田《せんだ》新田という。

その脇を、干潟を埋め立てて築いた広大な土地だ。新吾はさらに進む。

途中、船がもやってあった。新吾は立ち止まって見つめる。この船を勝手に使って鉄二を運んだのではないか。

夕陽が背後から当たる。砂村新田までやって来た。さらに別の新田が続く広大な土地だ。ところどころに木立の一帯が残り、民家が点在している。あの中のどこかに鉄二が隠れているような気がした。

籠を腰に提げた百姓姿の男が歩いている。新吾は近づいて声をかけた。

「ちょっとお訊ねします」

「へえ」

日に焼けた顔を向け、男は首に巻いた手拭いで汗を拭いた。

「この付近で怪我をしたよそ者の男を見かけませんでしたか」

「いえ」

「この一帯の民家は皆ひとが住んでいるんでしょうか」

「へえ、住んでます」

「そうですか。誰も住んでいない家なんかはありませんよね」

「ええ。ただ」

百姓は続けた。

「あそこに見える一本杉のそばにある家はいまは使われていません」

「どうしたんですか」

「どこかの大金持ちが別荘に建てたようですが、辺りに何もなく、最近、まったく使っていないようです」

「そうですか」

新吾は厳しい目を一本杉に向けた。確かに、そばに家がある。

礼を言ってから、新吾はその一本杉を目指した。

その家は塀に囲まれた二階家だった。塀は壊れ、壁も剝がれかかっている。廃屋だ。

長い間、住人がいなかったことは明らかだ。

身を潜めるには格好の場所だ。仲間に食糧を運んできてもらえば、傷が完治するまで十分に暮らせる。

新吾は用心深く、壊れた門から中に入った。

雑草の生い茂った庭に入る。一部、雨戸が外れている。二階の窓の障子も紙が破れていた。

新吾は小首を傾げた。ひとの気配がない。

外れた雨戸の隙間から廊下に上がった。どこからか外の明かりが射し込んでいる。

破れ障子を開けて中に入る。すえたような臭い。畳はもろけている。欠けた茶碗などが転がっていたが、ずいぶん前に使われたもののようだ。梯子段も埃だらけで、最近、誰も二階に上がっていないことを物語っていた。

新吾は外に出た。もう陽は沈みかけていた。

仙台堀を海辺橋まで戻って来たとき、岡っ引きの与吉と出会った。辺りはすっかり暗くなっていた。

「これは宇津木先生」

与吉は礼儀正しく挨拶をする。

「いかがですか」

「ひとり暮らしの家や年寄り夫婦の家などを重点的に確かめていますが、まったくだめです。手掛かりすらありません」

「じつは、ちょっと思いついたことがあるのです。いま、ちょっとよろしいですか」

「じゃあ、あっちに行きましょうか」

与吉は海辺橋を渡ったところにある正覚寺の境内に向かった。門を入って、人気のない植え込みの前にやって来た。

「なんでしょうか」

　与吉があらためてきいた。

「鉄二には仲間がいたのではないかと思えてならないのです」

「仲間？」

「ええ、あの傷ではそれほど遠くには行けないはずです。でも、なかなか見つからないのは乗物で遠くに逃げたからではないでしょうか」

「乗物ってえと駕籠か船ですかえ」

「船です。甚兵衛さん夫婦が殺された時分、仙台堀を東に向かう船が目撃されていましたね」

「ええ。その船の行方はわかりません」

「堀にもやってあった船を黙って拝借してきたのだと思います。その船を使って、仲間は鉄二をもっと奥の方に連れて行ったのではないでしょうか」

「奥といいますと？」

「十万坪の先、砂村新田か八右衛門《はちえもん》新田か、あるいは他の新田か。その辺りに隠れ家があるのではないかと思ったのです」

「なるほど」

与吉は顎に手をやった。

「仲間がいないと思い込んでいますが、ほんとうにそうなんでしょうか。甚兵衛さんが怪しい人間がうろついていると言っていました。鉄二の仲間だったかもしれません」

そう言ったとき、新吾は示現流の使い手の浪人を思いだした。武次と益次が依頼した浪人だ。

甚兵衛の家を出てから襲われたのだ。武次と益次はどこかで待ち伏せて、新吾を尾行した。甚兵衛の家に入ったので、出て来るのを待って襲撃した。

そう思っていた。しかし、甚兵衛の家に入るまで、新吾は尾行者に気づかなかった。いや、気づかなかったのではない。尾行者はいなかったのだ。

奴らは、新吾が甚兵衛の家を出てからつけてきた。つまり、新吾が甚兵衛の家に行くことを知っていて、そこで待ち伏せていたということになる。

だが、どうして甚兵衛の家のことを知ったのか。

「どうしました？」

与吉が怪訝《けげん》そうな顔をした。

「えっ？」

「いえ、何か考え込んでいるようでしたので」

「ああ、すみません。もし、仲間がいたとして、どうして鉄二が甚兵衛さんの家にいることがわかったのだろうと思いましてね」

「仲間も、捜していたんでしょう。幻宗先生たちが甚兵衛さんの家に入って行くのを見て、何か閃《ひらめ》いたのではないですか」

「確かに、一日に何度も出入りをしていましたからね」

近所の人間からしたら、甚兵衛夫婦の家に医者が出入りをしていることで、気になったはずだ。夫婦しか住んでいないのに、誰が病気になったのかと、不思議に思っていたはずだ。そんな話を鉄二の仲間は漏れ聞き、甚兵衛の家の様子を窺った。そういうことかもしれない。

「宇津木先生。明日から新田のほうを探ってみます」

「お願いします」

与吉と別れ、新吾は幻宗のところに行った。施療院はひっそりとしていた。庭を覗くと、幻宗が濡縁に座っていた。

声をかけるのも憚られるほどに厳しい顔つきだった。甚兵衛夫妻を死なせてしまったことが幻宗を苦しめているのだ。

鉄二が憎かった。真人間になって、獄門になる。幻宗の思いやりは鉄二には届かなかった。

新吾はそのまま引き上げた。

四

翌日の午後、新吾は上島漠泉の屋敷を訪ねた。

女中のおはるに案内されて、客間で待っていると、香保がやって来た。不思議なことに、香保の顔を見て、いくつもの難題を抱えてささくれだった心が和んだ。

香保は新吾の目をじっと見つめ、

「このたびは、いろいろ大変でしたね」

と、なぐさめた。

「ありがとう。でも、ほんとうに大変なのは幻宗先生です」

新吾は胸の底から何か温かいものがわき出てきたような気がした。

「幻宗先生はいかがしておられましょて」

香保が心配そうにきく。

「かなり、落ち込んでおられるようでした」

「そうですか。きょうは父にそのことで？」

「幻宗先生に関連していることですが、別のことで」

「参りましたわ」

また、香保は言う。新吾には何の気配も感じなかったが、やがて、障子が開き、漠泉が入ってきた。

「どうぞ、ごゆるりと」

香保は部屋を出て行こうとした。

「いてくださって構いません」

思わず、新吾は香保に声をかけた。

「でも」

「いなさい」

漠泉が香保に言う。

「では」

香保は素直に座りなおした。

「どうした？」

漠泉がきいた。

「間宮林蔵さまのことをどうしてご存じなのですか」

「間宮どのがどうかしたのか」

漠泉が逆にきく。

「間宮さまは、最近かなり頻繁に幻宗先生のところにやって来ています。理由について、先生は何も仰いません。ところが、先日、間宮さまが私を訪ねてきました。目的は幻宗先生とシーボルト先生との関係に関することのようでした」

漠泉の表情が曇った。

「間宮どのは私のところにも来た」

「では、上島さまもシーボルト先生のことを？」

「いや、わしはシーボルトどのについては聞かれておらぬ。間宮どのは、高橋景保《たかはしかげやす》どののことで参られた」

「高橋景保どの？」

「そうだ。幕府天文方書物奉行だ。わしは景保どのの病気を治療した縁でご厚誼を得ている」

天文方は、天文・暦術・測量・地誌などを編纂する役目で、書物奉行は幕府の書庫を管理し、編集を行った。

高橋景保が父至時《よしとき》から天文暦学、地理学の教育を受けて、父の死後、若くして天文方になり、父の弟子である伊能忠敬《いのうただたか》の全国測量事業を援助し、『大日本沿海輿地全図《だいにほんえんかいよちぜんず》』を作成させた。

そういうことを説明してから、さらに漠泉は続けた。

「間宮林蔵どのも至時さまの弟子であり、幕府の命で樺太探検をしている。その踏査実測した結果をもとに。景保どのは樺太地図を作っている」

漠泉は間を置いてから、

「間宮どのがわしを訪ねたのは、景保どのとシーボルトどのとの関係を探るためだ。景保どのにシーボルトどのから何か届いたか、逆に景保どのから何か贈物をしたかどうか。そのようなことを、わしにきいてきた。だから、わしは知らぬ存ぜぬで通した。というのも、景保どのは間宮どのを嫌っているのでな」

「嫌っている？　仲が悪いのですか」

「表立っての対立はないが……」

「そうですか」

新吾は応じてから、改めてきいた。

「でも、間宮さまは、なぜシーボルト先生をそこまで気にするのでしょうか」

「わからぬ」

「間宮さまは土生玄碩さまのところにも行っているようです」

「さもあろう。玄碩どのもシーボルトどのが江戸に来たとき、教えを乞うているからな。いや、たくさんの蘭方医たちがシーボルト詣でをしているのだ」

漠泉は厳しい顔をした。

「上島さまもお会いしたのでしたよね」

「はじめて幻宗を見かけたのもシーボルトどのの宿泊先でじゃ」

「さようでしたね」

「間宮どのは、幻宗とシーボルトどのとの関係で、新吾どのに何をきいたのだ？」

「私が長崎遊学から帰ったとき、シーボルト先生から手紙を預らなかったかときかれました。吉雄権之助先生から幻宗先生宛の手紙を預っただけだとお話ししました。ですが、間宮さまには話しませんでしたが、権之助先生の手紙にはシーボルト先生からの言づてが書かれていたそうです。幻宗先生は内容まで教えてくれませんでしたが」

「なるほど」

漠泉は腕組みをして考え込んだ。

「いったい、シーボルト先生の周辺で、何が起こっているのでしょうか」

「わからぬ。ただ、間宮どのが勘定奉行配下の隠密だということが気になる。新吾どのの話を聞いても、間宮どのは、シーボルトどのに関わる者たちを内偵していることは確かのようだ」

新吾は胸がざわついた。

「そのことも気になるが、野うさぎの鉄二という男の件はどうなっているのだ?」

「はい。いまだに行方がわかりません。幻宗先生に対する中傷で、患者がめっきり減っています」

「そうらしいな。ここぞとばかり、町医者が患者を奪おうとしているそうではないか」

「はい」

漠泉の耳にも幻宗の施療院の様子は入っているようだ。

「医者として、幻宗先生がなさったことは当然ではございませんか」

香保が突然口を開いた。

「そうだと思います。でも、鉄二がひとを殺したことは間違いないのです。そのことで、幻宗先生は責任を感じているようです」

「幻宗の行為は当然だ。事件が起きなければ、何ら問題はなかった。だが、ひとが殺された事実は重い」

「はい」

そのことに弁明の余地はなかった。

「いずれにしろ、鉄二が捕まらない限り、道は開けまい。だが、妙だな。なぜ、手負いの男を見つけ出せずにいるのか」

漠泉の疑問に答えるべく、鉄二の仲間説を話した。

「仲間の船で、かなり遠くまで逃げたような気がしています。船の行き先は、おそらく新田のほうではないかと」

「新吾どの」

漠泉が口調を改めた。

「幻宗を支えてやれるのはそなたしかおるまい。わしで何か力になれることがあれば、なんなりと言うがよい。香保にも出来ることがあれば、やらせよう」

「ありがたきお言葉」

新吾は頭を下げた。

「新吾さま。なんでもやりますわ」

香保は真剣な眼差しで言う。

「では、わしは往診があるでな」

漠泉が立ち上がった。

新吾は平身低頭して見送った。

「新吾さま。私に何か出来ることがあれば、なんなりと仰ってください」

「ありがとう。でも、あなたの好きなお方に申し訳が立ちません。誤解を与えるような真似はしたくありません」

「好きなお方？」

きょとんとした顔をしてから、

「ああ、あのことですか」

と、香保は思いだして言う。

「あれは……。いえ、気にしなくて結構です」

「そうはいきません。そのお方に申し訳ありません」

「いいんです。だって、嘘なんですから」

「嘘？」

「ええ、父に縁談をなかったことにしてもらうために言ったことです。ですから、気になさらないで」

「ほんとうですか」

「ええ」

「でも、あなたは好きなひとがいるとはっきり言いました」

「忘れてください」

いたずらっぽく笑って、香保はきいた。

「でも、どうぞ、誰にも遠慮なさらずに新吾さまはお好きな御方といっしょになられてください」

「私に好きな女子はおりません。ですから、いっしょになるもなにもありません。何度も言うようですが、私はただ……」

「ただ、なんですか」

「栄達のために結婚したくないというだけで、あなたのことが嫌いなわけでは……。いやその、つまり」

自分でも何を言っているのかわからなくなった。

「すみません。失礼します」

新吾は逃げるように部屋を出た。

女中のおはるが見送りにきて、

「お嬢さまと喧嘩をなさったんですか」

と、きいた。

「喧嘩？」

不思議そうにきく。

「だって、新吾さまだけで、お嬢さまが……」

おはるは戸惑い気味に答える。

ひとりで廊下を小走りに玄関にやって来たので、おはるは誤解したようだ。

「違います。喧嘩なんかしていませんよ」

新吾は安心させるように笑みを作った。


漠泉の屋敷から、新吾は永代橋を渡ってから、足を佃町のほうに向けた。

蓬莱橋《ほうらい》を渡り、『松野家』の前を素通りした。町奉行所の人間の目が光っているのがわかった。

まだ、鉄二は現れていない。見張りに気づいて迂闊に近づけないというより、まだ怪我は十分に回復していないのだと考えた。

新吾は途中で引き返し、再び蓬莱橋を渡る。

幻宗の施療院にやって来た。大広間に数人の患者が待っているだけだった。幻宗が治療しないと知って。寄りつかないのだ。

どこにも幻宗の姿がないので、また町奉行所に呼ばれたのかと驚いて、療治部屋にいるおしんにきいた。

「幻宗先生は？」

「患者さんの家をまわっています」

「患者さんの家？」

「今度のことを謝りがてら、事情を説明して来ると言って、朝から出かけています」

三升の前に患者がやって来たので、おしんは小声になった。

夕方になって、幻宗が帰って来た。

「お帰りなさい」

新吾は出迎えた。

「こちらへ」

幻宗は厳しい顔で新吾に言う。

「はい」

新吾はあとについて、いつも腰を落ち着けている濡縁に行った。

幻宗が座るのを待って、新吾も腰をおろした。

「先生、何か」

幻宗の顔がいつになく険しい。

「ここに来なくなった何人かの患者の家に行って来た。不思議なことに、全員があの事件が起きる前から、わしが野うさぎの鉄二の怪我の治療をしているのを知っていた。そのことを教えた人間がいるのだ」

「事件の前……」

「幻宗はひと殺しの治療をこっそりやっている。もし、助かったあと、またひとを殺したらどうするのだと、話していたらしい。同じ話を全員が聞いていた。その上に、あの事件が起きた。だから、皆わしを敬遠しだしたのだ」

幻宗は顔を歪めてから、

「それだけではない。わしが金を……。いや、いい」

途中で止めた。おそらく支援者のことだろう。薬礼がただで施療院を運営出来るのは、どこかの大富豪の弱みを握って金を出させているからとか話し、幻宗の治療を受けることは悪事に加担することだと威しているのかもしれない。

「先生。松木義丹の命を受けたものが言いふらしているに違いありません」

新吾は怒りを抑えて言う。

「しかし、証拠はない」

「甚兵衛さんが言っていた家の周囲を見張っている怪しい人間というのは、やはり武次や、益次だったのではありませんか」

甚兵衛の家に幻宗たちが出入りをしているのを偶然見て探りを入れて、鉄二のことがわかったのだ。

「それで、鉄二が甚兵衛夫婦を殺して逃げるという事件が起こったので……」

新吾はふと妙なことに気づいた。怪我が治って鉄二が町奉行所に突き出されたら、ひと殺しを治療しているといくら患者に告げても、何の効果もないことになる。つまり、事前に言いふらすというのは、鉄二が甚兵衛夫婦を殺害するとわかっていて、はじめて成功することだった。

「わしは不思議に思っていた。鉄二はまだ激しい動きが出来るまでに回復していなかった。確かに、強靭な肉体の持主だから、わしが考える以上に傷の回復が早かったのだと一時は考えた。だが、今になって考えても、鉄二はそこまで回復していなかったはずだ」

幻宗も鉄二の仕業であることに疑問を持ちはじめた。

「先生。武次と益次です。甚兵衛夫婦を殺し、鉄二をどこかに連れて行ったのです。今回のことは仕組まれたことではありませんか」

「おそらく、そうだ。わしを貶めるために、鉄二を利用したのだ」

「松木義丹です」

新吾は立ち上がった。

「待て。証拠はない。うかつに騒いではだめだ。まず、武次と益次を見つけるのだ」

「わかりました」

新吾は自分を落ち着かせるように深呼吸をした。


新吾は幻宗の施療院を出た。すっかり暗くなっていた。伊勢崎町に向かった。

甚兵衛夫婦の家の隣の下駄屋に顔を出す。ちょうど、奉公人らしい男が表の戸を閉めているところだった。

「すみません。おかみさんを呼んでいただけませんか」

「お待ちください」

若い男は潜り戸から中に入った。

外で待っていると、おかみが出て来た。

「あら、先生」

「すみません。お呼び立てして」

「まだ、捕まらないんでしょう。怖いわねえ」

おかみは顔をしかめた。

「甚兵衛さんの家を見張っている怪しい男がいたらしいのですが、おかみさんは気がつきませんでしたか」

「いえ、気がつきませんでした」

「そうですか」

「でも、変な男が甚兵衛さんのことをききにきたわ」

「変な男？」

「ええ。おでこが広くて、奥目の男」

益次に違いないと思った。

「その男は何をききにきたのですか」

「隣の家は夫婦と他に誰が住んでいるのかってきいてきたんですよ。だから、甚兵衛さん夫婦だけですよと教えてやったら、親戚か何かはいるのかって。ふたりきりで、親戚はいないと答えたら、にやりと笑って薄気味悪かったわ」

「そうですか」

益次は確かめたのだ。

礼を言って、新吾はおかみと別れ、仙台堀沿いを大川のほうに向かった。

やはり、益次たちが絡んでいるとみて間違いなさそうだ。甚兵衛夫婦を殺したのは鉄二ではないことになる。

そのことは幻宗にとって助けになる。だが、鉄二はどうなったか。すでに殺されているとなると、真実を明らかにすることが難しくなる。

新吾は焦りを覚えながら永代橋を渡った。

五

翌朝、新吾は養父順庵に実情を話した上で、時間が欲しいので診療を免除してもらいたいと頼んだ。

「わかった。もし、そのような策謀があったとしたら許せぬ。何かと漢方医は我らを目の敵にしている。やるからには、負けてはならぬ。よいな」

「はい。ありがとうございます」

幻宗に対してもっと冷たいかと思ったが、漠泉もそうだが、意外と寛大だった。漢方医との確執を、順庵も身に沁みているからか。

新吾は家を出て、近くの自身番に顔を出し、南町の定町廻りの津久井半兵衛の居場所をきいた。

すると、自身番に詰めていた家主が、

「きょうは深川のほうだと思います」

と、教えてくれた。

いつの間にか梅雨は明け、太陽が容赦なく照りつける炎天下を、新吾は永代橋を渡って、佃町に向かった。

鉄二は『松野家』のお染に仕返しに行くつもりだったろうが、傷が治癒するまでもう少し時間がかかるはずだ。

だから、まだお染のところには現れないはずだ。

蓬莱橋を渡って、辺りを歩き回ったが、同心の津久井半兵衛や笹本康平の姿はなかった。柳の陰でぽつねんとしている町奉行所の小者に声をかけて、津久井半兵衛について訊ねた。すると、永代寺門前仲町《えいたいじもんぜんなかちょう》の自身番にいるはずだと言う。

新吾はそこに行ってみたが、まだ半兵衛は現れていないという。

しかたなく、新吾は砂村新田のほうに足を向けた。

十万坪に差しかかったとき、強い陽射しを受けながら手下といっしょに前を歩いている岡っ引きの与吉を見つけた。

新吾は近づいて声をかけた。

「与吉親分」

与吉は立ち止まって振り返った。

「ああ、宇津木先生」

与吉は続けた。

「八右衛門新田で、隠れ家になりそうな家が見つかりました。使っていない百姓家があるようなんです。これから、そこに行ってみます」

「ふたりだけですか」

新吾がきくと、与吉は顔をしかめ、

「じつは、笹本の旦那は仲間がいるってことに否定的でして。鉄二には仲間はいない。あくまでもひとりで逃げていると考えているようなんです」

「仲間がいないというのは当たっています」

「えっ、でも、鉄二は船で逃げたと？」

「はい。船で逃げたと思っています。ただ、仲間ではなく、幻宗先生を貶めようとする者たちの手の者が鉄二を連れて行ったのではないかと思われるのです」

新吾は武次と益次の話をした。

「では、鉄二は監禁されているか、あるいは殺されているか」

与吉は眉根を寄せた。

「手負いの鉄二は歯向かうことも出来ず、相手の言いなりだと思います。気になります。使っていない百姓家に私も連れて行ってください」

「わかりました。ともかく、行って見ましょう」

雑草の生い茂った野原を突き抜け、さらに十万坪を横切り、八右衛門新田をさらに奥に向かった。

すると、鬱蒼《うっそう》とした木立の中に、百姓家がひっそりとしてあった。どこにも傷みはなく、ひとが住まなくなってからそれほど時間は経っていないようだ。

与吉が戸に手をかけた。簡単に開いた。広い土間に天窓から陽光が射し込んでいる。

中に入ると、むっとするような暑さだ。

板敷き間に上がる。囲炉裏のそばに徳利と茶碗が置いてあった。

何か異様な臭いがした。新吾ははっとした。

「これは……」

死臭だ。新吾は急いで障子を開けた。六畳間の座敷の畳に何か染みのようなものがあった。

「血のようです」

新吾が言う。

「血ですって」

与吉が上擦った声を出した。

手下が雨戸を開けた。明かりが射し込む。血は奥の部屋の襖《ふすま》に続いている。

新吾が襖を開けた。ふとんが敷いてあって、そこに誰かが倒れていた。窓のない部屋で、明かりが届かない。

(鉄二……)

新吾は立ちすくんだ。やはり、鉄二は殺されていたのか。

「こいつは……」

与吉が絶句した。

深呼吸をしてから、新吾は死体のそばに寄った。手下が気をきかせて、行灯に火を灯して持ってきた。

「すみません」

顔が浮かび上がった。

あっと、新吾は声を上げた。四角い顔は鉄二ではなかった。匕首で心の臓をひと突きにされていた。

「鉄二ではありません」

「鉄二が殺ったんでしょうか」

「おそらく。そうでしょう。この男は益次たちの仲間で、鉄二の見張り役だったのかもしれません」

畳に滴っていた血は鉄二のかもしれない。この男と格闘になって、傷口が開いてしまったのではないか。

「この男は死んで半日経っています。傷口がまた開いているようですから、鉄二はそんな遠くには逃げられないはずです」

どこかで苦しんでいるかもしれない。

「旦那に知らせて来い」

与吉が手下に言う。

「へい。じゃあ、ひとっ走り」

「待ってください」

新吾は呼び止めた。

「仲間はまだこんな事態になっていることを知らないはずです。知っていたら、死体をこのままにはしておかないでしょうから」

「仲間が様子を見に来るということですね」

「ええ。ここまで誘《おび》き出すためにも、注意をしてここにやって来るように話してくださいませんか」

「わかりました。あっしが行ってきましょう。おめえは宇津木先生とここで待っていろ」

「へい」

「じゃあ、行ってきます」

与吉は出て行った。

亡骸をふとんにちゃんと寝かしてやりたいが、検使が済むまでは動かさないほうがいい。新吾はもう一度、死体を見た。見張りを任されるくらいだから、腕力はありそうだ。腕も太く、肩は筋肉で盛り上がっている。

おそらく、鉄二はこの男から匕首を奪い、刺したのであろう。かなりの体力を消耗したであろう。

「宇津木先生」

手下が呼んだ。

「遊び人ふうの男がこっちを見ています」

新吾はすぐに窓辺に立って、小名木川方向を見た。途中にある木立の陰に、人影が見えた。益次か武次ではないかと思ったが、顔まではわからない。こちらの様子を見ているようだ。

この百姓家に異変が起ったことを察しているようだ。ここから飛び出せば、すぐに逃げるだろう。新吾はへたに動けなかった。

やがて、与吉が笹本康平とやって来た。木立の陰から男が立ち去った。

新吾は舌打ちをした。

笹本康平が到着した。

「的確に心の臓をひと突きだ」

亡骸を見て、康平が言った。

「やはり、鉄二はここにいたんですぜ」

与吉が言う。

「いま、仲間らしい男がこっちの様子を窺っていました。どうやら、仲間に気づかれてしまったようです」

新吾は伝えた。

「宇津木先生の考えが当たっていたようですね」

立ち上がって、康平は顔を向けた。

「益次と武次という男、それに示現流を使う浪人が仲間にいます。この連中が、何者かに頼まれて、甚兵衛夫婦を鉄二の仕業に見せかけて殺し、鉄二をここまで連れてきて監禁していたのだと思います」

「なぜ、鉄二をすぐ殺さなかったんだろう?」

康平が疑問を呈した。

「殺せば、からくりがばれてしまうからではありませんか。自然の死を待つ。甚兵衛夫婦を殺して逃げたあと、ここに隠れ住んだが、食糧もなく、傷が悪化して死んだ。そういう筋書きを書いていたのではないでしょうか」

「だが、思わぬ鉄二の反撃に遭ったというわけか」

「はい」

「よし、この一帯を徹底的に調べよう。鉄二は今度こそ、そんな遠くには逃げられないはずだ。それから、宇津木先生の言う益次と武次という男を捜す」

康平は意気込んで言った。

ただ、益次と武次の背後に松木義丹を中心とした漢方医の勢力がいることは証拠もないので口に出せなかった。

新吾はあとを笹本康平に任せ、幻宗の家に行った。

「先生。やはり、鉄二は監禁されていたようでした。でも、監視役の男を殺して、また逃亡しました」

幻宗は目を閉じて聞いていた。

「甚兵衛さん夫婦を殺したのは鉄二ではありません。益次と武次たちです」

「そうか。やはり、鉄二ではなかったか」

幻宗は大きく息を吐いてから、

「鉄二の傷が心配だ。また傷口が開き、そのまま放っておけば化膿して命取りになる。鉄二を捜すのだ」

「益次と武次を捜さねば」

「いや、鉄二のほうが緊急を要する」

益次と武次をとらえ、口を割らせれば、名誉を挽回出来る。そのほうが先ではないかと言おうとしたが、幻宗の厳しい顔を見て声を呑んだ。

幻宗にとっては自分の名誉よりも鉄二の命のほうが大事なのだ。

「砂村新田か」

そう呟き、幻宗は口を真一文字に結んで目を閉じ、腕組みをした。

ふと、幻宗は目を開けた。

「極楽寺《ごくらく》だ」

「極楽寺?」

「あそこに焼場がある。隠れるとしたら、そこの阿弥陀堂だ」

「わかりました。行ってきます」

新吾はすっくと立ち上がった。

「待て。わしも行く。施術道具を持て。念のためだ」

「はい」

三升が声をかけた。

「私も行きましょうか」

「いや、ここの患者の治療がある。それに、鉄二がいるかどうかわからぬ」

幻宗は三升を押しとどめた。

施術道具と薬を持って、新吾は幻宗とともに砂村新田に出かけた。

十万坪では陽を遮るものがなく、灼熱の太陽が直に全身に照りつける。それでも、ところどころに鬱蒼とした木立があり、ひと息つけた。

横十間川《よこじっけん》を越えると、砂村新田だ。すると、極楽寺の屋根が見えてきた。煙突から煙が上がっている。

死者が茶毘《だび》に付されているのだ。

境内《けいだい》に入る。死臭が漂っている。昼でも人気はなく、陰気な感じだ。死者が黄泉《よみ》の国に旅立っていく場所だ。

瀕死の怪我を負った鉄二が焼場にやって来るだろうか。そんな疑問を持ったが、新吾は口には出さず、だまって門を入った。

読経が聞こえてきた。幻宗は本堂から阿弥陀堂のほうにまわった。まるで、当てがあるように、幻宗はまっすぐ向かう。

阿弥陀堂の裏にまわる。井戸があった。幻宗はその付近を歩き回った。新吾も辺りを見回しながら歩く。

あっと、新吾は声を上げた。

「先生」

植え込みの中に、何かが見えた。

新吾はそこに向かった。ひとが横たわったあとか、草木が倒れ、縁の欠けた茶碗が転がり、ごみが残っていた。

「鉄二でしょうか」

阿弥陀さまへの供物などを食べたのではないかと思われた。

「微かに血がついていた」

草木を調べていた幻宗が言う。

「きのうきょうのものだ。きのうの夜はここで過ごし、またどこかへ移動したようだ。火葬にされるホトケがやって来たのでここを出て行ったのかもしれない」

「どこに行ったのでしょうか」

新吾は無念そうに言う。

幻宗は寺の裏門から外に出た。辺りを見回す。かなたに武家屋敷が見える。

「武家屋敷に忍び込んだのでしょうか」

「うむ」

間を置いてから、

「佃町に女房がいると言ったな。そこに向かったのではないか」

「そうかもしれません」

行き先はそこしか考えられない。あの怪我だ。もう死ぬのは時間の問題だと悟っているに違いない。だとしたら、お染を道連れにする。鉄二の頭にはそれしかないかもしれない。その思いが、瀕死の鉄二を踏ん張らせているのではないか。

「ただ、それほど歩けないはずだ」

どこかで行き倒れているのではないか。そんな不安を、幻宗は口にした。

もう一度、裏門から入り、通りかかった寺男《てらおとこ》に声をかけた。

「きのうの夜からきょうの昼間、怪我をした男をこの辺りで見かけませんでしたか」

軽く首を横に振り、寺男は離れて行った。

「待ってください。我らは医者です。怪我をしている男を早く治療しないと命にかかわるんです」

新吾は背中に訴えた。

寺男が足を止めた。

「お医者さんですか」

そう言い、寺男は幻宗に目をやって頷いた。

「その男はゆうべ阿弥陀堂の裏の植え込みの陰で一夜を過ごしました。朝、お供え物をとって食べていたので握り飯を与えたら夢中で食べていた。相当、腹を空かしていたんじゃないですか」

「よくしていただいて、礼を言います」

「いや、たいしたことはしてねえ」

「で、その男はどっちへ行ったかわかりませんか」

「横十間川のほうに歩いて行きました。かなり、よたよたしてました。腹を押さえていたので、腹痛かと思いました」

「この辺りに、人目につかずに潜むことが出来る場所はありませんか」

新吾はきいた。

「さあ」

小首を傾げた。

「わかりました。ありがとうございます」

新吾は礼を言い、寺から出た。

「先生、どういたしましょうか」

「この辺りに……」

幻宗は辺りを見回した。

「女郎の隠れ里があると聞いた」

「隠れ里？」

「診察に来る女郎に聞いたことがある。けいどうを逃れるための隠れ家だ」

「けいどうとはなんですか」

「ときたま、奉行所は岡場所の手入れを行う。けいどうとは隠売女《かくしばいじょ》の一斉検挙だ。捕まった女たちは吉原の奴女郎にされる。まあ、吉原を保護するためだ。そのため岡場所では、けいどうが入る前に女たちを船で逃がす。ほとぼりが冷めるまで、滞在させておく場所があるのだ」

「そんな場所があるのですか」

「そうらしい。深川の岡場所の亭主たちが作ったのであろう。だが、そこに逃げ込んでも助けてくれるかどうかはわからないが」

ただ、町奉行所は敵という意識があるからと、幻宗は付け加えた。

「念のために、その場所を捜してみます」

「うむ。だが、最近はけいどうはなく、女たちは逃げ込んでいない。だから、ふつうの百姓家でしかない。捜し出せるかどうか」

だんだん傾いて行く陽を背に、幻宗の声が弱々しく響いた。

第四章　夜明け

一

翌日の昼過ぎ、新吾は佃町の『松野家』の小部屋で、お染と向かい合っていた。

「鉄二のことは、八丁堀の旦那にもお話ししましたよ」

お染は沈んだ声で言う。

「まだ、見つからないようですね」

「ええ。一昨日の夜、砂村新田にある極楽寺の境内で一晩過ごしたことがわかりましたが、そのあと、どこに行ったのかわかりません」

新吾は答えた。

「このまま逃げまわっていてはいずれ傷口が化膿して命取りになります。なんとか、早く捜し出したいと思っています」

「でも、鉄二が死ねば、私は助かるんでしょう」

　お染は儚げに言う。

「あなたのことは必ずお守りします」

「いいんですよ」

「えっ？」

「このまま生きていても、一生苦界《くがい》で苦労するだけ。だったら、いっそ、あのひとの手にかかって死んだほうがましじゃないかって思ったりするんです」

「何を仰るんですか」

　新吾は語気を強めた。

「生きていれば、きっといいことがあります」

「いいえ、ありませんよ。先日も、この並びのお見世の女郎が病気で亡くなりました。痩せ細っても客をとらされて……。それだけじゃないわ。年をとって、ここで客をとれなくなった女郎はこの前の堀で小舟で春をひさぐ船饅頭になるしかないの。そういう妓《こ》たちをたくさん見てきたわ。私だって、そういう運命にある。辛いだけの人生からは早くさよならしたい。それに、いくら極悪人でも、一時は好きでいっしょになったひとだもの。その男の手にかかって死ぬのも悪くないでしょう」

お染は悲しそうに微笑んだ。

「そんなことはありません。生きてください」

自分の言葉が虚しく響いた。

この先、お染に何が待っているのか。やがて、体を壊し、ぼろ屑のように捨てられ、船饅頭か夜鷹になって生き続けるのか。

言葉に詰まった新吾に、お染が言う。

「きょうはそんな話をするために来たんですか。何か、他に用があったのではありませんか」

「お染さん。教えて欲しいことがあります。けいどうが入る前に、遊女たちが一時的に隠れ潜む場所が砂村新田のほうにあるそうですね」

「どうしてそんなことを？」

「もしかしたら、鉄二さんがそこに逃げ込んだのではないかと思ったんです。そこなら、鉄二さんを匿ってくれるかもしれないと思ったんです」

「……」

「教えていただけませんか。他のひとには言いません」

「私も知りません。そういう場所があるとは聞いていますけど、私はまだけいどうを経験していませんから」

「そうですか」

新吾は落胆した。

「ただ、そこの百姓は深川の岡場所の下肥《しもごえ》をとらせてもらっているとききました。そこから、調べることは出来るかもしれません」

「下肥ですか」

下肥は百姓にとっては大事な肥料だ。

「船に桶を積んで引き上げていくそうです。船のあとをつけていけばいいと思います」

そこの百姓は、下肥をもらう代わりに、けいどうのときは女郎たちを匿う。そういう了解がとられているのかもしれない。

つまり、下肥を運ぶ百姓を尾行すれば、その隠れ里というべき百姓家がわかるというわけだ。

「鉄二さんはそういう場所があることを知っているのでしょうか」

「そういえば、子どもの頃、砂村新田のほうで道に迷って彷徨《さまよ》ったとき、三味線の音を聞いたことがあると言っていました。たぶん、けいどうから逃れた女郎たちが弾いていたんだと思います」

「知っていた可能性はありますね」

鉄二はそこを目指したのかもしれない。

「ありがとうございました」

礼を言い、新吾は立ち上がった。

「お染さん。ご自分の命を大切にしてください」

お染は薄い笑いを浮かべただけだった。

新吾は『松野家』をあとにして、幻宗の施療院にやって来た。

「先生。例の隠れ里はわかりませんでしたが、そこの百姓が女郎屋から下肥をもらって行くようです。汚穢舟《おわいぶね》のあとをつければ場所を見つけ出せましょう」

「よし、舟のあとをつけてみよう」

「さっそく、汚穢舟を待ちます」

「いや、由吉に頼もう。あの者はもともとは葛西《かさい》のほうの百姓の次男だ」

幻宗は下男の由吉に頼むと言った。

「その間、新吾には調べてもらいたいことがある」

「なんでしょうか」

新吾は身を乗り出した。

「本所林町《はやしちよう》一丁目に海原啓介《かいばらけいすけ》という町医者がいる。蘭方医だ。この男について、調べてもらいたい」

「この医者が何か」

「うむ。何の先入観も持たずに調べてもらったほうがいい」

どうして、この医者のことを知ったのか。気になったが、新吾はあえて訊ねなかった。幻宗も話したくないようだった。

新吾は幻宗の前を離れた。大広間を覗く。

通いの患者は相変わらず少ない。幻宗に診てもらえなければ意味がないと思っているようだ。

そういえば、安吉はどうしただろうか。新吾がいないとき、やって来たのだろうか。

療治部屋に行き、三升の助手を務めているおしんにきいた。

「最近、安吉さんは見えましたか」

「いえ、来ません」

おしんも心配そうに答える。

「そうですか」

他の医者に替えたのだろうか。それとも、もう動けない体になってしまったのだろうか。

あとで長屋に寄ってみようと思いながら、新吾は施療院を出た。

竪川《たてかわ》方面に向かう。まず、二ノ橋《にのはし》の袂から竪川沿いに広がっている町が林町で、一丁目から五丁目まである。

海原啓介の屋敷は林町一丁目だ。新吾は町に入った。

屋敷はすぐ見つかった。ひとが出入りをしている家が、そうだった。あっと思った。幻宗の施療院の患者の顔があった。

やはり、こちらに移ってしまったのだ。蘭方医らしい。近所できくのもいいが、まるで間者のようで気が引けた。それに、あとで幻宗の弟子がききまわっていたという噂が立つのもまずいと思った。

行きすぎてから、途中で引き返す。屋敷から出て来た男がいた。新吾はとっさに居酒屋の路地に身を隠した。

安吉だった。安吉までここに通っているのだ。新吾は複雑な思いだった。安吉は新吾の患者だった。自分の患者がよその医者に替えた。

激しい衝撃だった。自分の腕を否定されたのだ。

新吾は打ちのめされた。

安吉がとぼとぼと帰り道を行く。新吾はあとをつける形になった。

弥勒寺の前を過ぎる。安吉は途中、何度も立ちどまった。息が苦しいのか。病はだいぶ進行しているのかもしれない。

安吉は北森下町の三右衛門店の木戸を入った。新吾は安吉の容体を気づかったが、海原啓介の治療を受けている身であることから、訪問には躊躇した。

安吉が自分の家に消えた。新吾はそのまま行きすぎたが、やはり気になった。どんな容体かだけでも知りたいと思った。

新吾は戻った。三右衛門店の木戸をくぐり、安吉の家の前に立った。

迷ったが、思い切って腰高障子に手をかけた。

「ごめん」

戸を開けて、中に呼びかけた。

薄暗い部屋で、安吉が唖然としていた。頰はさらにこけ、髑髏《どくろ》のような顔になっている。首も細い。

「安吉さん。お久し振りです」

「先生でしたか」

安吉はあわてて言い、

「きょうはまたなんで？」

「安吉さんの容体が気になりましてね」

「それはどうも」

声も弱々しい。

「体の調子はどうですか」

「もうじき迎えがきそうです。でも、迎えが来るまで、なんとか出歩けそうなので幸いです」

不思議だった。腹部の腫瘍はかなり大きくなっている。それなのに、痛みがないのだ。そのことが不思議だった。酒を呑むと痛みを忘れられるらしい。

体力が弱っているので、施術も出来ない。だから、衰弱して行くのを出来る限り抑えるしか術《すべ》はない。死期が迫っていることは確かだ。

「長居をしてもいけないので、これで」

新吾は挨拶をして踵《きびす》を返した。

「先生。すまねえ」

いきなり、安吉が謝った。

「どうしました？」

振り返って、訊ねる。

「じつはあっしは、他の医者のところに行っているんだ」

安吉が正直に打ち明けたのだ。新吾は驚いた。

「そうですか。いえ、患者と医者にも相性がありましょう。気にする必要はありませんし」

「違うんです」

「何が違うんですか」

「先生のところに行かなくなった理由です」

新吾はどきりとした。自分の欠点を指摘される恐怖を抱いた。だが、逃げてはならない。素直に聞くのだと、自分に言い聞かせた。

「その理由とは？」

新吾は声が喉に引っかかった。

「へえ」

「私に遠慮はいりません。いえ、かえって話していただいたほうが自分のためになります。どうぞ、お話しください」

「それが……」

またも言いよどんでから、安吉はやっと声を振り絞って出した。

「おふさのことです」

「あなたが好きだった女の方ですね」

「へえ、じつはその」

安吉は俯けた顔を上げ、

「あっしが板前だったのも、女中のおふさといい仲だったってのも、嘘でした」

「そうなんですか」

知っていたが、新吾はわざと驚いたように言う。

「どうして、そんなことを今になって?」

「先生、調べたんじゃないですか」

「何をですか」

「おふさを真剣に捜そうとしてくれていたでしょう。きっと『梅川』まで行ったんだと思っていました」

「行きました。でも、いまの女将さんはまだ子どもだったので二十年前のことは何も知らなかったそうです。改めて、大女将にきこうと思っていたんですが、安吉さんがおふささんのことはもういいというので、そのままに」

新吾は偽りを述べた。

「そうだったんですか。じゃあ、大女将にきいたら、あっしの嘘がばれましたね。じつは、嘘がばれたんじゃないかと思って、先生の顔を見るのが辛くなったのです」

「……」

「だから、幻宗先生が非難されたのをきっかけに、海原啓介先生のところに行くようになったんです」

「海原啓介先生はいつからあそこで町医者を？」

これ幸いと、新吾はきいた。

「五年以上前です。幻宗先生のところより先でした。でも、長崎遊学を吹聴して、かなり、威張っている先生です」

安吉は吐息をついてから、

「新吾先生のところに行きづらくなって、海原先生のところに行ったんですが、あの先生、端《はな》からばかにして、あっしの話なんて聞いちゃくれないんです。あっしが板前だったと話しても返事さえしてくれない。顔なじみになれば話し相手になってくれると思ったのですが、三度目になるきょうも冷たくされました」

「で、どんな治療を？」

「へえ、お腹に膏薬を貼ってくれました」

「膏薬？」

新吾は耳を疑った。

「あの先生はどんな病気にも膏薬を貼ります」

新吾は呆れた。

長崎遊学をしたとは思えない。

「ほんとうに長崎に遊学していたんでしょうか」

「ええ。長崎のことにはかなり詳しくて、オランダ人のことも面白おかしく話していました」

すると、長崎には行っていたようだ。

「で、幻宗先生のところに来ていた患者がそこに通っているようですね」

「へえ、だって、以前から幻宗先生の悪口を吹聴し、海原先生の素晴らしさを訴える男がいましたから」

「そんな男がいるのですか」

「そうです。幻宗先生が薬礼をとらないのは裏で悪事を働いて金を稼いでいるからで、ひと殺しの治療もしているらしいとも言ってました」

「どんな男ですか」

「ひとりじゃありませんよ。海原先生に診てもらっている男たちですよ。あの先生、自分の患者に、あちこちで触れまわらせていました」

「なんということだ」

新吾は憤慨した。

「でも、患者の中にはいっこうに治らないとか、かえって悪くなったというひともいました。そういう患者は、また幻宗先生に診てもらいたいのでしょうが、海原先生は幻宗先生の患者だったひとには、幻宗先生の悪口を言いますから」

「そうですか。安吉さん。よかったら、また幻宗先生のところに戻って来てください」

「へい、ありがとうございます。ええ、二度と海原先生のところには行きません」

新吾は思いついたことをきいた。

「海原医院に、益次か武次という男が出入りをしているかわかりませんか」

「益次って、あのおでこの広い男ですね。患者としてはやって来ていませんが、夜、益次が海原先生のところから出て来るのを見かけたことがあります」

「そうですか」

益次たちを操っていたのは、漢方医の松木義丹ではなく海原啓介なのだろうか。しかし、同じ蘭方医なのに、なぜ幻宗を目の敵にするのか。

海原啓介とはどんな人物なのか。新吾は立ち上がっていた。

二

北森下町から林町一丁目の海原啓介の屋敷の近くまでやって来てから、一刻（二時間）以上経った。

新吾は並びにある八百屋の脇にずっと立っていた。

夕暮れて、患者もだんだん残り少なくなっていった。最後の患者が出て行き、助手らしい男が看板を仕舞いに出てきた。

新吾はなおも待った。それから、四半刻後、三十半ばぐらいの恰幅のよい男が出てきた。海原啓介だろう。さっきの助手らしい男が供についていたが、薬籠を持っておらず、往診ではないようだ。

海原啓介は東に向かっている。暮六つの鐘を聞きながら、新吾は暗がりに身を隠してあとをつける。

竪川を三之橋《さんのはし》で渡り、大横川《おおよこかわ》に出て、川沿いを北に向かった。

二人がやって来たのは、法恩寺《ほうおんじ》橋を渡った出村《でむら》町だった。川沿いに建っている一軒家に入って行った。

小体ながら小粋な家に、海原啓介だけが入って行く。供の男はすぐ引き返した。見送っていると供の男は、法恩寺橋を渡らず、逆の方向に曲がった。どこへ行くのか、気になった。

新吾は男のあとを追った。

法恩寺の前を素通りし、男は柳島《やなぎしま》町の長屋木戸をくぐった。新吾は木戸口から路地を覗く。

夕飯の時間か、路地に人影はなかった。男は一番奥の家に入った。新吾はその近くまで行く。

どういう意味かわからないが、腰高障子には、威嚇するようなつり上がった目が描かれていた。

台所の窓から中を覗く。行灯の明かりに今の男の背中が見えた。土間に立ったままだ。そして、こちらに顔を向けて上がり框《かまち》に座っているのが益次だった。

すぐに、男が引き上げる。あわてて、新吾は奥の井戸のほうに逃げた。

男は木戸を出て行った。

しばらくして、益次が出てきた。木戸を出てから、新吾はあとをつけた。

益次が向かったのは、想像通り、出村町だ。海原啓介が入った小粋な一軒家の前に立った。

格子戸が開き、女が顔を出した。うりざね顔の女だ。益次が中に入る。どうやら、ここが奴らの溜まり場のようだ。

案の定、武次もやって来た。そして、四半刻後に、示現流の使い手の浪人が供の男といっしょに到着した。

二階の窓の障子に人影が揺れた。障子が開き、益次が顔を出した。新吾は塀際の暗がりに身を隠した。

益次は辺りを見回してから引っ込む。

おそらく、仲間が殺され、鉄二に逃げられたことで、相談をしているのだろう。

踏みこんで問いただしたい衝動に駆られたが、正直に答えるはずもない。証拠もないので、とぼけられたらおしまいだ。

ここは引き下がらざるを得なかった。居場所がわかっただけでも収穫があった。新吾は来た道を戻った。

翌日の早朝、新吾は上島漠泉の屋敷を訪れた。表御番医師として江戸城表御殿に詰めて急病人に備える漠泉が登城前の時間を狙ったのだ。

「このような朝の早い時間に押しかけて申し訳ございません」

新吾は詫びた。

「いや、構わぬ。だが、あまり時間はない。さっそく用件を聞こうか」

「はい。林町一丁目に海原啓介という蘭方医がおります。ご存じかと思いまして」

漠泉は江戸蘭方医の中心的な存在でもある。蘭方医のことは耳に入っているだろうと思った。だが、漠泉は首を横に振った。

「聞いたことはない」

「長崎遊学をしきりに吹聴しているようです。ですが、診てもらった患者の話では、どんな患者にも膏薬を貼るそうです」

漠泉は顔を歪めた。

「素人医者だ」

「素人医者ですか」

「医者の風体だが、じつのところ商人《あきんど》だ。大槻玄沢さまが言うところの医者商人だ。本物の治療は行わず、富裕な病人を進んで患者にし、どんな病気にも膏薬や油薬を使い、そのために病気が重くなっても、言い訳を駆使し、責任逃れをする。そんな医者がいるのが実情だ。おそらく、海原啓介は医者商人だ」

「なんと、ひどい」

「儲けのためなら、患者の命など何とも思っていない。いや、わざと病気の回復を遅らせたり、他の医者に診てもらおうとすれば劇薬を用いて重症にし、他の医者の手柄にならないようにする。そんな悪徳医者もいる」

「そんな医者がいるなんて信じられません」

「残念ながら、いるのだ。海原啓介もその口だ。もちろん、長崎遊学とは嘘だ。医学の勉強などしてはおらぬだろう。長崎の地役人か、長崎奉行所に赴く奉行か与力などの奉公人が長崎で得た生半可な知識をもとに口先だけで医者になったものに違いない」

「そういう医者がいるなんて信じられませんが。でも、鉄二の件を見たら頷けます。朝の貴重な時間をありがとうございました」

「いや、なんの。ところで、香保のことだが……」

漠泉は言いかけた。

「じつは香保が何を考えているのかわからない。先日、好きな男がいるから、新吾どののことはなかったことにして欲しいと訴えたと思ったら、つい先日確かめたところ、好きな男はいませんと言い出した」

「……」

「わしも振りまわされている。新吾どの、改めて香保のことを考えてもらえぬか。我がままな娘だが。いや、返事はあとで。きょうは時間がない」

漠泉は立ち上がった。

新吾も一礼をして立ち上がった。

香保はきょうは出てこなかった。なんとなく、忘れ物をしたようで落ち着かないまま、漠泉の家を出た。

一刻後、新吾は深川の幻宗の施療院に来ていた。

「先生、ある程度のことがわかりました」

新吾はそう前置きして、きのうあったことの一部始終を話した。

「素人医者海原啓介は、先生の施療院が出来てから儲けが減ったために、先生の施療院を潰そうと誹謗中傷を続け、さらに野うさぎの鉄二の件を利用して、だいたんな行動に打って出たのです」

「うむ。やはり、そうか」

幻宗は唸った。

「先生はどうして海原啓介を知ったのですか」

「ここの患者に対して、わしの悪口を言いふらしている男が海原啓介の患者だとわかった。長崎遊学で、蘭方を学んだというが、わしは聞いたことがない。素人医者ではないかと思ったが、証拠はない。それで、そなたに調べてもらったのだ。まさか、わずか一日で調べがつくとは思ってもいなかった」

「安吉のおかげです。あの男がいろいろ教えてくれたのですから」

「そうだの。だが、証拠はない」

幻宗は厳しい表情になった。

「鉄二が無事であれば……。由吉からはまだ報告はありませんか」

「まだだ」

由吉は下肥の行き先を捜そうとしているのだ。

「これから笹本さまに、海原啓介のことを話してきます」

「待て、新吾」

「はい」

新吾は浮かした腰をおろした。

「敵を誘き出そう」

幻宗が言う。

「誘き出す？」

「そうだ。鉄二が見つかったという偽りを、海原啓介の耳に入れさせるのだ。鉄二が証言すれば、益次たちの犯行がばれる。その前に、鉄二を殺そうとするだろう」

「でも、どうやって海原啓介の耳に入れさせるのですか」

「安吉に頼もう。久し振りに幻宗のところに行ったら、野うさぎの鉄二が極楽寺の阿弥陀堂の裏で倒れているのを幻宗が見つけた。応急手当をしたが、明日の夕方に大八車で人知れず施療院まで運ぶそうだと言わせる」

「うまくいくでしょうか」

「うまくいかなければ、また別の手を考えればいい。ともかくやってみよう。役人がいれば、警戒して寄りつかない。わしと新吾のふたりで敵と対峙する」

「わかりました」

深呼吸をしてから、新吾は答えた。

そして、すぐに安吉の長屋に向かった。


長屋に行くと、安吉は苦しそうに唸っていた。

「安吉さん、だいじょうぶですか」

「ああ、先生。いよいよ、お迎えが来たようです。ゆうべから、痛みが激しくて」

「待ってください。いま、薬をとってきます」

新吾は走った。いよいよ安吉は本格的な痛みに襲われだした。

施療院に駆け込み、

「先生。安吉さんが激しい痛みに襲われました」

と、新吾は訴えた。

「止むを得ぬ」

幻宗は立ち上がって、奥から薬を持って来た。

「これを呑ませる。痛みが和らぐ」

「モルヒネですか」

「そうだ。阿片から抽出したものだ」

死期の迫った患者の痛みを緩和させるために使うものだと、幻宗は言っていた。ついに、安吉にもそのときが来たようだ。

「行こう」

「はい」

幻宗は立ち上がった。

新吾は再び安吉のところに走った。

長屋に駆け込むと、冷や汗をかきながら安吉は呻いていた。幻宗はモルヒネを座薬として使った。

しばらくして、安吉の呼吸が穏やかになった。寝息を立てはじめた。骨と皮だらけで、枯れ枝のような腕だ。

「落ち着いたようですね」

新吾はほっとしたように言う。

「うむ、あくまでも痛みを鎮めただけだ。医者の無力さを思い知らされる。残念でならない」

幻宗はやりきれないというように言う。

「でも、痛みがないだけよかったと思います」

「薬が切れたらまた痛み出す」

「先生、例の話は無理ですね」

「ああ、無理だ。他のものに頼もう」

「誰か、いるでしょうか」

「うむ」

幻宗は難しい顔をした。

しばらく経って、安吉が目を開けた。

「先生」

「どうだ？」

幻宗が顔を覗き込む。

「へえ、痛みはねえ」

「そうか。それはよかった」

「何か、あっしにやらせたいことがあったんじゃないですかえ」

「聞いていたのか」

「へえ、うつらうつらしていましたが、はっきり耳に残っています。何をやればいいんですかえ」

「安吉さん。いいんです、忘れてください」

新吾は顔を出した。

「幻宗先生、新吾先生。いつお迎えが来ても、あっしは支度が出来ているんです。ただ、このまま先生に恩返しが出来ねえで死んで行くのが悔しいんですよ。ねえ、先生。あっしに出来ることだったら、やらせてくだせえ」

「安吉。その気持ちだけで十分だ」

幻宗が応じる。

「いや。それじゃ気がすまねえ。やらせてくだせえ。新吾先生。俺は痛みさえなければ、動けるんだ」

安吉が起き上がろうとした。

「いけません」

新吾は安吉の肩を押さえた。骨だけだ。

「先生。このまま死ねって言うんですかえ。それはあまりにも殺生ですぜ。最後にお役に立って死んでいきてえ」

安吉は弱々しい声で訴えた。

「先生。手をどかしてくだせえ」

「あっ、すまない」

新吾はあわてて手を放した。

安吉はもう一度起き上がろうとした。顔を紅潮させて、踏ん張りながら立ち上がった。体はよろけているが、仁王立ちになった。

「先生。このとおりだ。何をやればいいんですかえ」

その鬼気迫る形相《ぎょうそう》に、新吾は圧倒された。

「よし、安吉。やってくれるか」

「先生」

新吾は幻宗の顔を唖然として見た。

「安吉。そのために死期を早めるかもしれない。それでも、いいのか」

幻宗ははっきり言う。

「役に立って死んでいけるなら本望だ」

「よし、安吉。頼む。手を貸してくれ」

幻宗が頭を下げた。

「先生、よしてくれ」

あわてて、安吉はしゃがんだ。

凄まじい気力が安吉に新たな生命を呼び起こしたようだ。さっきまで激痛に唸っていた男とは思えなかった。

「安吉さん。ほんとうにやってもらっていいんですね」

新吾は念を押した。

「もちろんでさ。こっちが頼んでやらせてもらうんです」

「新吾。話せ」

「はっ」

幻宗に促され、新吾は野うさぎの鉄二のことから話し、

「黒幕こそ、海原啓介です。その海原啓介に、盗み聞きしたように、野うさぎの鉄二が極楽寺の阿弥陀堂の裏で倒れているのを幻宗先生が見つけた。応急手当をしたが、明日の夕方に大八車で人知れずに施療院まで運ぶと聞いたと話してください」

「わかりました」

安吉の目がぎらついた。

「これから、行って来ます」

安吉が再び立ち上がった。しゃきっとした立ち姿に、新吾は驚くしかなかった。

海原啓介の屋敷の近くで、新吾は安吉が出て来るのを待った。最後の気力を振り絞って、安吉は一世一代の芝居を打ちに行ったのだ。幻宗が言うように、このことが死期を早めることになるかもしれない。

新吾は祈るような気持ちで安吉の帰りを待った。

半刻後、安吉が出て来た。そばに飛んで行きたいが、いっしょにいるところを見られたら元も子もなくなる。

安吉はふらつく体でどうにか長屋に帰った。新吾は家に入り、

「どうでしたか」

と、きいた。

「うまくやったつもりです。久し振りに幻宗先生のところに行ったら、ひそひそ話を聞いた。極楽寺から鉄二を大八車で運ぶ相談をしていたと言ってきました」

「安吉さん。ありがとう。助かりました。これで、幻宗先生の汚名を雪《そそ》ぐことが出来そうです」

「お役に立てたならうれしい」

そう言いながら、安吉は苦しそうに顔を歪めた。

「安吉さん。幻宗先生の施療院に来てください。そこで養生しましょう」

「そうですね。歩けるうちに行きましょうか。あそこなら、先生たちに最期を看取ってもらえますからね」

「駕籠を呼びます」

「いえ、歩きますぜ。駕籠に揺られるほうがもっと苦しい」

「そうですか」

安吉を幻宗の施療院に移した。

その晩、安吉の容体は急変した。

「安吉さん。しっかりしてください」

新吾は声をかけた。

「もう、いけねえ。そこまで死神が来ています。幻宗先生の名誉が早く取り戻せるよう祈ってます」

「安吉。よくやってくれた。礼を言う」

幻宗が声をかけた。

三

翌日、朝一番で駆けつけたとき、安吉は昏睡状態だった。いままさに死が訪れようとしていた。

昼過ぎになって、安吉はいったん持ち直した。

三升とおしんにあとを託し、新吾は幻宗といっしょに砂村新田に向かった。近所の商家から借りて来た大八車を下男の由吉に牽《ひ》かせた。

由吉はまだ汚穢舟の行く先を摑めないでいる。

「安吉は今夜が峠でしょうか」

新吾はやりきれないというように言う。

「うむ。ここにきていっきに衰弱が激しくなった。残念だ。安吉の気持ちに報いるためにも、この企みは成功させたい」

「はい」

小名木川沿いを行く新吾はふと強い視線を感じた。周囲に目を這わせる。通りには怪しい人影はない。

「船だ」

幻宗が言った。

さすが幻宗も気づいていた。新吾は川を見た。川船がゆっくり進んで行く。棹を持った船頭は手拭いで頬かぶりをした上に笠をかぶっていた。

益次たちの仲間に船頭上がりがいる。舳先《へさき》にも男がいる。顔はわからないが、益次か武次かもしれない。

引っかかったと、新吾は勇躍した。

大横川に近づき、船はそのまま小名木川にかかる新高橋《しんたかばし》をくぐって行った。新吾たちは大横川にかかる扇橋《おおぎばし》を渡り、川沿いを南に向かう。

途中で背後を気にすると、案の定さっきの船がついてきていた。

仙台堀に出て、十万坪のほうに折れた。やがて、船も曲がってきた。

太陽が照りつけている。由吉は大八車を引っ張りながら、何度も手拭いで汗を拭っていた。

砂村新田に入り、極楽寺に向かう。前方に、荼毘に付す遺体を納めた棺桶を運ぶ一行がいた。

極楽寺の裏にやってきた。鬱蒼として、夏なのに背筋がひんやりする。そこで時間を潰した。太陽は傾き、だんだん暗くなってきた。

筵《むしろ》やぼろ布を集め、大八車にひとが横たわっているように膨らみをつけて着物をかける。そして、陽が沈みかけてから、新吾たちは出発した。

鬱蒼とした野原の中の道を大八車を牽いて行く。堀沿いの道に出た。

「先生。出たようです」

前方から黒い影が近づいてきた。頬かぶりをして笠をかぶった男だ。

「騒ぎになったら、由吉は安全な場所に逃げろ。よいな」

幻宗が命じる。

「へい」

由吉は緊張した声で答えた。

「背後にも現れました。浪人です」

新吾は振り返って言う。

「先生。あの浪人は示現流の使い手です。私に任せてください」

「よし。他の連中はわしが生け捕りにしよう」

「はい」

前後から男たちが迫ってきた。人数が増えていた。皆、同じように頬かぶりをして笠をかぶっている。

「何者だ？」

幻宗が一喝する。

「荷台のひとに用がありましてね」

男が口を開いた。益次の声に似ている。

「だめだ。怪我人だ。傷が回復するまで面会は出来ぬ」

「それはそっちの事情でしょう。あっしらには用があるんです」

「名を名乗るのだ」

「いえ、名乗るほどの名を持ち合わせちゃおりません」

「益次か武次か」

新吾は口を開いた。

「……」

返事がない。

「図星のようだな」

新吾は決めつけてから、

「甚兵衛夫婦を殺したのはおまえたちだな」

と、きいた。

「あの夫婦を殺したのは鉄二じゃねえんですか」

「違う。鉄二が回復すれば、あのとき、甚兵衛夫婦の家で何が起こったかはっきりする」

「そいつはどうかな」

男は含み笑いをした。

「おまえたちは、蘭方医の海原啓介に頼まれて、幻宗先生の施療院をつぶそうといろいろ画策していた。そうだな」

新吾は問いただす。

「さあ、なんのことかわからねえ。まあ、問答はここまでだ。旦那、やってくれ」

新吾は振り返った。

「由吉、騒ぎになったら逃げろ。町方に知らせるんだ」

幻宗が由吉に言う。

「私が相手だ」

新吾は浪人の前に出た。

「いい度胸だ」

浪人が笑った。

「では、行くぞ」

浪人は腕組みを解き、すぐに抜刀した。

柄を握った手を自分の耳の後方にまで持って行き、刀の刃先を背中に隠すように構えた。示現流独特の構えだ。

新吾も抜刀し、正眼に構えた。

初太刀で相手を仕留めようとする激しい気合が迫ってくる。浪人の足がつっつっと動いた。次の瞬間、奇声を発して斬りつけてきた。

新吾も足を踏み込んだ。だが、相手の剣が振り下ろされる瞬間に、新吾は横っ飛びに逃れた。

剣が空を切ったが、相手は新吾の動きを予測していたようで、すぐに第二の攻撃を仕掛けてきた。だが、それは新吾の誘いだった。

新吾は第二の攻撃に備えて、腰を落としたまま剣を突き上げる構えで相手が迫ってくるのを待った。

だが、相手もまた新吾の作戦を読み切っていた。今度は相手が横っ飛びに逃れた。

「やるな」

浪人が唾を吐いた。

新吾は立ち上がって正眼に構えた。相手も再び剣を肩の後ろにまわそうとした。その隙をとらえ、新吾は踏みこんだ。

体勢の整っていない相手は突然の新吾の攻撃に恐怖の目を剝いた。新吾の剣尖が相手の二の腕をかすった。

うっと、浪人が唸った。すぐに後ずさりをし、片手で剣を構えた。だが、新吾は休むことなく、仕掛けた。相手は片手で新吾の剣を弾いた。だが、すでに息が切れていた。新吾は浪人を追い詰めた。

「海原啓介に雇われていたのですか」

剣尖を相手の喉元に突き付けてきく。

「……」

「野うさぎの鉄二の仕業に見せかけて甚兵衛夫婦を殺したのは誰ですか」

「……」

「言わないのなら、私から言う。すべて海原啓介の指図。甚兵衛夫婦を殺したのは益次と武次。そうですね」

浪人は屈辱にまみれたように体をぶるぶる震わせた。

幻宗のほうを見ると、足元に三人の男がうずくまっていた。

「動かないでください」

隙を見て逃げ出そうとした浪人を牽制した。

やがて、遠くから走ってくる人影を見た。由吉が、同心の笹本康平と岡っ引きの与吉を連れて来たのだ。

「先生。ご無事で」

由吉が息せき切って言う。

「ごくろう」

幻宗がねぎらった。

「幻宗先生。こやつらは？」

「甚兵衛夫婦を殺し、野うさぎの鉄二を監禁していた連中だ。まだ、仲間がいたはずだが、逃げられた」

「わかりました。与吉。縄をかけろ」

「へい」

与吉とその子分が益次と武次に縄をかけた。

笹本康平は、新吾が刃をつきつけている浪人に向かい、

「おとなしくしていただこう」

と、刀を取り上げた。

与吉が縄をかけた。

「仲間を逃がしたのはまずかったですね」

新吾は幻宗に言う。ただちに、海原啓介に注進に行くだろう。

「先生、どうしますか」

「奴らが白状するのを待つしかあるまい。このまま、海原啓介を問いつめても、しらを切られるだけだ。これ以上は何も出来まい。それより、鉄二を捜さねばならぬ」

「先生。海原啓介に挨拶だけでもしておきます」

新吾は意気込んで言った。


砂村新田から途中、幻宗たちと別れ、新吾は林町一丁目の海原啓介の屋敷にやって来た。戸を開けて訪問を告げたが、妻女らしき女が出て来て、啓介は出かけていると言った。

あの家だと思い、新吾は本所に向かった。

出村町にやって来たとき、すでに五つ（午後八時）を大きくまわっていた。

格子戸を叩く。すぐに、うねざり顔の女が出て来た。

「益次さんかえ」

そう言いながら、女は戸を開けた。だが、新吾が立っていたのでびっくりしたようだ。

「おや、おまえさんはなんですか」

女は不審そうにきいた。

「宇津木新吾と申します。海原啓介先生はいらっしゃいますか」

「……」

女は返事に窮している。

「益次さんと武次さんのことでお話があるのです」

益次だと思っていたところをみると、仲間はまだ注進に来ていないようだ。

「お取り次ぎいただけませんか」

物音がした。奥から、浴衣姿の男が出て来た。海原啓介だ。

「わしに何か用か」

「私は村松幻宗先生の弟子の宇津木新吾と申します」

新吾は名乗ってから、

「益次と武次という男をご存じでしょうか」

「知らぬ」

「さき程、おかみさんは、益次さんかえ、と声をおかけになりましたが」

「違いますよ。私はそんな名前は呼んでいませんよ」

女がとぼけた。

「そうですか。じつは、益次と武次は、伊勢崎町の甚兵衛夫婦を殺し、野うさぎの鉄二を監禁した疑いで、八丁堀同心の笹本康平さまにお縄になりました。そのことをお伝えしようと思ってやって来ました」

「何のことかわからぬ」

海原啓介の顔は強張った。

「そうですか。じつは、てっきりお知り合いかと思ったものですから」

「知らぬ」

背後であわただしい足音がして、男が駆け込んで来た。格子戸を開けて、あっという顔をした。

「兄さん」

女が目顔で何かを告げた。

「客人か。また、出直す。たいした用じゃねえ」

男が踵を返した。色の浅黒い男だ。

「今のひとは？」

「兄よ」

「お名前は？」

「教える謂《いわ》れはない。帰っていただこう」

海原啓介は顔を歪めて言う。

「夜分に申し訳ありませんでした」

新吾は外に出た。

十分な威しになっただろう。さっき駆け込んで来たのは益次たちといっしょにいた男に違いない。

新吾は辺りを見回した。男の姿はない。どこかで様子を窺っているかと思ったが、その気配はなかった。

新吾は幻宗の家に急いだ。

安吉の枕元に幻宗、三升、それに三右衛門店から住人が駆けつけた。

「新吾。来たか」

幻宗が呼んだ。

新吾は枕元に座り、安吉の顔を覗き込んだ。呼吸は荒い。

「安吉さん」

何度か呼びかけると、安吉が目を開けた。手を上げる。新吾はその手を掴んだ。

「先生、すまねえ、俺は嘘をついていた」

聞き取りにくかったが、安吉はそう言った。

「安吉さん。あなたのおかげでこの施療院は再開出来そうです。ありがとう」

「ほんとうですかえ。よかった」

安吉はにっこり笑った。

「先生たちに見守られてあの世に行けるなんて、俺は仕合わせ……」

声が途絶えた。

「安吉さん」

新吾は大声で呼びかけた。

だが、もう、二度と安吉は目を覚ますことはなかった。

安吉の人生はなんだったのか。自分は板前で、好きな女と生き別れになったと言い続けてきた。

自分でそう思い込んでいるのかと考えていたが、嘘をついているという自覚があったのだ。嘘を見破られたと思って、海原啓介の施療院に乗り換えたのだ。だが、海原啓介は安吉の話をまもとに相手にしなかったようだ。

「先生、長屋の連中でお弔《とむら》いを出します。ほんとうにありがとうございます」

長屋の大家が幻宗に礼を言う。

「偏屈な男でしたが、どこか憎めない人間でした」

誰かが言う。

「寂しくなるわね」

女房が応じる。

なぜか、安吉の人生はもの悲しかった。だが、長屋の連中からは慕われていた。その点では決して不幸な人生ではなかった。

幻宗が立ち上がった。新吾も従った。

幻宗は濡縁のいつもの場所に腰をおろした。

「医者だと威張っていても、出来ることはたかが知れている。ひとの死を目の当たりにするたびに己の無力さを痛感する」

幻宗は声を振り絞って言う。

「患者の死に一喜一憂していてははじまらんが、医術なんぞまだまだだ。もっと助けられた命はたくさんあった」

幻宗は自分自身に語りかけているのだ。

「先生はこれまでにもたくさんの命を救ってきたではありませんか」

「医者に、これでいいというものはない。だから」

幻宗は言葉を切ってから、

「鉄二だけは助けたいのだ。あの男の命を救えねば、わしに医者を続けて行く資格などない」

「先生。そのことで、お訊ねしてよろしいですか」

新吾は思い切ってきいた。

「甚兵衛夫婦殺しで、鉄二が疑われたとき、先生は鉄二を助けたことをどう思われましたか」

「治療したことは当然だ。ただ、あそこまで回復していたのかと驚いた。その判断を誤ったことを悔いた」

もし、あのまま甚兵衛の家から無事にここに移されて治療を続けていたら、今ごろはかなり回復していただろう。そして、鉄二は改めて獄門台に首を晒すことになったはずだ。

「鉄二を助けたことが問題ではなかったということですね」

「そうだ」

「あのときは鉄二は命が助かってもすぐ獄門になる身だという考えしかありませんでした。でも、鉄二のほんとうの狙いはお染への報復です。鉄二の命を助けたら、お染を殺しに行きます。それでも、鉄二を助ける値打ちがあるのでしょうか」

「人間の命に軽重はない。また、医者がそういう患者の背景を考えるべきではない」

幻宗はたしなめるように言う。

「はい」

「不謹慎な考えと誤解を恐れずにいえば、お染の報復に燃えているほど鉄二は生への執着が強かろう。それが傷に打ち勝つ良薬だ」

幻宗はきっぱりと言い、

「ただし、鉄二の傷が治ったあとは、人間としてお染を守ることに全力を尽くす」

と、厳しい顔をした。

「わかりました。明日から、私も汚穢舟を追います。隠れ里を捜してみます」

鉄二が隠れ里にいるかどうかわからない。もしかしたら、どこか人目につかないところで野垂れ死んでいるかもしれない。それでも、鉄二を捜すのだ。死なせるために助ける。最初は幻宗の考えについていけなかったが、今では新吾も鉄二を助けたいと思っている。

線香の香りが漂ってきた。

ふと、暗い庭に人影が揺れたような気がした。

「安吉さん」

思わず、新吾は声を上げた。

幻覚だ。そう思って、幻宗に顔を向けてあっと叫びそうになった。幻宗もまた庭に目を向けて微かに頷いている。

まるで、そこに誰かが立っていて言葉を交わしているようだった。

四

翌日、南茅場《みなみかやば》町の大番屋に呼ばれ、益次と武次、それに浪人との関わりについて同心の笹本康平に話した。

だが、それに対して、益次と武次は反論した。

「幻宗先生や宇津木先生を襲ったのは、いつぞや施療院で恥をかかせられた仕返しをするためです。殺そうと思ったわけじゃありません。ただ、威すためです」

浪人まで、

「益次から少し脅かしてもらいたいと頼まれただけだ」

と、答えた。

なかなかしたたかな連中だった。

「甚兵衛夫婦を殺し、野うさぎの鉄二を拉致し、砂村新田の廃屋に監禁したことは間違いない。相違ないか」

笹本康平の問いかけにも、

「あっしらにはまったく何のことかわかりません。甚兵衛夫婦を殺して逃げた鉄二が、あっしの知り合いに見つかったので、殺して逃げたんでしょう」

と、益次は涼しい顔でとぼける。

蘭方医海原啓介との関わりを問うと、

「幻宗先生の施療院で追い返されたので、海原先生のところで診察してもらっただけです」

と、平然と答えるだけだった。

大番屋を出ると、岡っ引きの与吉がついてきて、

「捕まったばかりだから、まだ威勢がいいですが、これからいろいろ証拠をつきつけていけば、いずれ白状するはずです」

「そうだといいんですが」

新吾は鉄二が見つからないことが不安だった。鉄二が見つからなければ、益次の言うように、鉄二ひとりが悪者にされてしまう。

「鉄二の探索はどうですか」

「わかりません。十万坪、砂村新田、八右衛門新田など、広大な土地に逃げ込まれたので、捜すのに苦労しています。ただ、野うさぎの鉄二をかばう人間もいないでしょうから、もしかしたらどこかで野垂れ死んでいる可能性もあります」

もっとも恐れるのが、そのことだった。

与吉と別れ、新吾は永代橋を渡り、佃町に行った。

由吉が佃町の岡場所で、下肥を汲みにくる百姓を待っていた。

「まだですか」

「あっ、新吾先生。まだ、現れません」

お染の警護から手を引いたようで、町奉行所の人間の姿は見当たらない。

その日、夕方まで見張ったが、下肥を汲みに来る百姓には出会えなかった。

ようやく肥桶を担って頬かぶりをした百姓ふうの男を見たのは、安吉の弔いが済んだ翌日のことだった。百姓は厠に行き、下肥を汲み取りはじめた。

いっぱいになった肥桶を大島川の川岸にもやっていた舟に運んだ。舟には肥桶がたくさん積まれていた。

舟が動きだした。

新吾と由吉は陸から舟を見ながら歩く。西陽が背中を射している。材木置場の脇を通る。途中、道と川が離れると、走って川の見えるところまで先回りをした。

だんだん、舟の速度が上がってきた。

「由吉さん。砂村新田まで駆けて先回りをしてもらえませんか。必ず、そっちに向かうはずです」

「わかりました」

由吉は駆けだした。

新吾はそのままあとをつけた。

舟は肥後熊本藩の下屋敷の脇を通り、六万坪と呼ばれる広大な野原を過ぎ、砂村新田に入ってきた。

舟がだいぶ先に行ったが、由吉が川っぷちで待っていた。

由吉の立っている場所を舟が過ぎて行く。由吉は舟のあとを追う。新吾は遅れてついて行く。

やがて木立の辺りで舟が停まった。新吾が追いつくと、由吉が木陰から舟を見ていた。

木立の向こうに大きな屋敷が見えてきた。生け垣で囲まれている。その広い敷地の中に、建物がいくつも建っていた。

母屋の裏手に長屋ふうの建物が並んでいるのは小作農の住まいか。

「ここがそうでしょうか」

「ええ、間違いないでしょう」

ここならたくさんの遊女を引き受けられそうだ。だが、ここがけいどうのときに遊女が逃げ込む場所かどうかは問題ではない。鉄二が匿われているかどうかが問題なのだ。

「どういたしますか」

由吉がきいた。

「正面からぶつかりましょう」

新吾は母屋に向かった。

入口の戸は開いていた。そこに立ち、新吾は奥に向かって呼びかけた。土間は広い。

年寄りが出て来た。

「どちらさまで？」

「深川常磐町の蘭方医村松幻宗の弟子で宇津木新吾と申します。ご主人にお会いしたいのですが」

「少々、お待ちください」

年寄りが引っ込んだ。

すぐに出て来て、

「どうぞ、中に」

年寄りが招じた。

由吉を外に待たせ、新吾は土間に入った。

入ってすぐ左手は畳敷きの間で座布団が置いてある。そこで待つように言われた。

やがて白髪の目立つ気品のある男が現れた。

「当主の房右衛門です」

細い顔の男だ。鋭い眼光に高い鼻梁《びりょう》。何ごとにも動じない強さが窺える。

「蘭方医村松幻宗の弟子で宇津木新吾でございます。我が幻宗の患者で、野うさぎの鉄二という男を捜しております。わけあって、鉄二は逃亡しました。こちらのほうに逃げたのではないかと思われ、不躾《ぶしつけ》ながらお訊ねする次第であります」

「さようですか。しかし、そのような者は知りません」

「もしかしたら、物置小屋にでも勝手に潜んでいるかもしれません。どうか、お確め願えませんでしょうか」

「いや、不審な者がおれば、わかります」

「鉄二は人目を避けているので、気づかれないようにしていると思われます。鉄二は大怪我をしています。幻宗先生の手当てで治癒しかけたとき、強引に連れ去られました。そのために、その後の手当てがなされず、傷口が心配なのです」

「もし、ここに逃げ込んできたら、この屋敷には医術の心得のあるものもおります。心配なさらずとも大丈夫です」

「そうですか」

諦めるしかなさそうだった。

「もし、鉄二がどこかに隠れていたり、あるいはこの先、こちらに現れたりしたら、どうぞこの薬を与えてやっていただけませんか」

新吾は持参した薬を出した。

「これは傷口の消毒、止血薬、鎮痛薬、化膿止め、熱冷まし……」

「お待ちください」

房右衛門は手を上げて制した。

「私が聞いてもわかりません」

「では、医術の心得のあるお方にお会い出来ませぬか。万が一のためにこれをお渡ししておきたいのです」

「宇津木さま。もし、その鉄二なる者を見つけたらどうなさるおつもりですか」

「幻宗先生の診療所に連れ帰り、治療したいのです」

「なぜ、そんなにしてまで鉄二というひとを捜しているのですか」

「治療の途中だったからです。自分の患者に最後まで責任を持つ。それが、医者の務めだからです」

「わかりました。いま、医術の心得のある者を呼んでまいりましょう。少し、お待ちくだされ」

房右衛門は立ち上がった。自ら呼びに行くようだ。

それからしばらく待たされた。

ようやく、房右衛門が戻って来た。

「どうぞ、お上がりください。外にいるお連れさまも」

「いえ、私だけで」

「では、そちらからお上がりください」

房右衛門は一段低くなった板敷きの前を指し示した。

「では、失礼いたします」

新吾は履物を脱いだ。

房右衛門のあとについて廊下を行く。途中、女中らしい女とすれ違った。

渡り廊下があり、別棟に向かう。

新吾はおやっと思いながら、房右衛門のあとに従った。

別棟の奥の部屋の前で、房右衛門は立ちどまった。

「どうぞ、お入りください」

不審に思いながら、新吾は襖を開けた。

あっと、声を上げた。鉄二がふとんに横たわっていた。

「鉄二さん」

新吾は駆け寄った。

「先生。お久し振りです」

「元気そうで、安心しました」

「ええ。でも、傷が痛くてたまりません。少し熱もあります」

「傷口を見せてください」

新吾は着物をはだけ、さらに腹部を見た。きれいな晒しが巻かれている。血が滲んでいた。触ると、鉄二は痛がった。

「化膿しています。でも、思ったほどではありません。よかった、安心しました」

新吾は傷口を消毒し、薬を塗った布を患部に貼り、晒しを巻いた。

「ここに来てよかった。十分な手当がなされています」

「医者を目指している若者がいましてね。三郎《さぶろう》っていうんですが、よくやってくれて」

鉄二が言う。

「そうですか。三郎さんのおかげです」

「へえ」

「それにしても、あなたもとんだ災難でした。幻宗先生を貶めようとする連中に利用されて」

「あんとき、いきなりふたりの男が押し入ってきました。こんな怪我をしてなきゃ、甚兵衛さん夫婦を殺させやしなかったんだが……」

鉄二は悔しそうな顔をした。

「船で連れて行かれたのですね」

「そう。廃屋になった百姓家に閉じ込められた。奴ら、俺が自然に死ぬのを待っていやがった。だから、飯だって食わせねえ。放っておけば死ぬと思ったのだろう」

「甚兵衛夫婦を殺して逃げたものの、傷口が悪化して、自然に死んだと思わせたかったんですね」

「そうだ。だから、隙を見て、見張りの男を殺して逃げた」

「極楽寺の阿弥陀堂の裏手で一晩を過ごしたのですね」

「そうだ。だが、あそこはいけねえ。黄泉の国の入口だ。だから、ここのことを思いだした」

「子どもの頃、ここに紛れ込んだことがあるとか」

鉄二は目を見張った。

「お染に会ったんですかい」

「会いました」

「じゃあ、俺とのこともきいたんで」

「ききました」

「俺はお染に裏切られた。あの女のために捕まった。脱走したのは、お染に怨みを晴らすためだ。だから深川に向かった」

痛みが走ったのか、鉄二は呻いた。

そのとき、廊下で声がした。

「失礼します」

襖が開いて、房右衛門が入って来た。後ろに二十歳ぐらいの若い男がいた。

「お邪魔します」

「鉄二さんの容体はいかがですか」

「はい。手当てがよく、これなら問題はありません。安心しました」

「そうですか。それはよかった」

「三郎さんが手当てされたとか。ひょっとして」

新吾は後ろに控えている利発そうな若者に目をやった。

「宇津木先生。末息子の三郎です」

「三郎です」

少し膝を進め、三郎は挨拶をした。

「冬木《ふゆき》町にある漢方医の先生のところで見習いに入っています」

「そうですか。的確な処置のおかげで、鉄二さんの傷もだいぶよくなっております」

「恐れ入ります」

「宇津木先生。薬のことなど、この三郎に命じていただければ、お指図どおりにいたします」

「わかりました。明日、幻宗先生がいらっしゃると思います。そのときに、いろいろお願いすることがあるかもしれません」

「では、我らは」

房右衛門と三郎が部屋を出て行ったあと、

「幻宗先生もしつっこいですね」

「患者は最後まで面倒をみる。それが先生のお考えですから」

「苦労して治してもらってもすぐ獄門になるというのに、まったくおかしな先生だ」

「あなたに真人間になって死んでもらいたいのです」

「真人間なんかになれるわけはありません。人間、そんなに簡単に変われるものじゃありません。それに、あっしにはその気はありません。悪党は悪党らしく、ふてぶてしく死んで行く。それが当然じゃありませんか」

「それより、あなたに益次と武次の悪事を明らかにしてもらいたいのです。益次たちは、一切の責任をあなたに押しつけて逃げようとしている」

「益次は捕まったんですかえ」

「ええ、捕まえました。あなたを殺そうとして襲いかかってきたところを」

新吾は益次たちを罠にはめた経緯を話してから、

「ただ、甚兵衛夫婦殺しを否認しています。あなたの仕業にして」

「ちくしょう。俺が元気なら、あんな野郎、ひと突きで仕留めてやるのだが」

「町奉行所で証言してもらいたいのです」

「だったら、いま連れて行ったほうがいい」

「いや、あなたの怪我が治ってからでないと、幻宗先生は許さないでしょう」

「先生。あっしは悪党ですぜ。怪我が治ったら、逃げる算段をするだけだ」

新吾は溜め息をついてから、

「あの方々はあなたのことをご存じなのですか」

と、房右衛門と三郎の親切心を気にしてきいた。

「何も言いませんが、知っていると思います。当然、ここのひとたちは町に出て行っていますから、いろいろなことは耳に入っているはずです」

ふいに鉄二は口調を変えた。

「今後、益次たちはどうなるんですかえ」

「きょうか明日には大番屋から小伝馬町《こでんま》の牢送りになりましょう」

「そうですか」

鉄二が疲れたように目をしょぼつかせた。

「では、私は引き上げます。また、明日、幻宗先生といっしょにきます」

新吾は立ち上がった。

夜になって、新吾と由吉は幻宗の施療院に帰って来た。

三升とおしんが飛び出してきた。

「お帰りが遅いので心配しました。で、いかがでしたか」

三升がきいた。

「見つかりました。鉄二さんも無事です」

「よかった」

おしんが喜んだ。

「先生もお待ちかねです」

新吾は幻宗のもとに行った。

「ただいま、帰りました。鉄二の傷は少し化膿していましたが、大事にはなっておりません」

新吾の報告に、幻宗はほっとしたような顔をした。

「明日、行ってみよう」

「はい」

新吾はふと思いだしてきいた。

「同心の笹本さまからは何の連絡もありませんか」

「ない。まだ、口をつぐんでいるのだろう。ただ、海原啓介の施療院が閉まっているそうだ。休診の貼紙があったという」

「逃げたのでしょうか」

「わからぬ。あとは、笹本どのに任せるしかない」

幻宗は厳しい顔で言った。

翌日、新吾は幻宗とともに鉄二のところに行った。

幻宗はこれまでのことを一切口にせず、診察した。

幻宗は鉄二の傷の手当てをしてから、

「あと十日もあれば歩けるようになろう」

と、言った。

「ありうれしくもありませんがね。死期が近づいたってことですから」

鉄二は口元を歪めた。

「そんなことはない。真人間になって死んでいけるんだ」

幻宗はさりげなく言った。

「先生。俺がいまさら真人間になれるわけはありませんよ。そのことは先生が一番よく知っているんじゃありませんかえ」

「そんなことはどうでもいい。ともかく傷を治すことだ。三日後に糸をとる」

それから、幻宗は三郎に向かい、

「三郎どの。わしは明後日に参るので、あとはそなたにお任せいたす。よろしいか」

「はい」

三郎は弾んだ声で言う。

それから、幻宗は薬を説明し、いくつかの注意を与えた。

「では、鉄二。しっかり、養生をすることだ」

「先生も俺に関わったためにさんざんな目に遭いましたね。俺はほんとうに疫病神《やくびょうがみ》かもしれねえ」

鉄二は自嘲ぎみに口元を歪めた。

「ほう、そなたでもそのようなことを考えるのか。少しは変わったんじゃないのか」

幻宗は平然と言う。

「先生はなんでもいいほうにとるんですね」

「まあ、そなたが完治したら、いっしょに酒でも酌《く》み交わそう」

「それから町奉行所に突き出すんですかえ」

「いや。自分から行ってもらう」

「先生、笑わせないでくれ。どこのどいつが首を刎ねられに、自分からのこのこ出て行くんですかえ」

「そなたがおる」

「笑わせねえでくんなせえよ。傷に障るじゃねえですか」

「よし。その元気があればよろしい」

幻宗は立ち上がった。

帰りは、船着場まで房右衛門と三郎に見送られて、新吾と幻宗は川船を出してもらって帰途についた。

五

翌日、新吾は林町一丁目にある海原啓介の施療院にやって来た。

門に貼られた休診の貼紙が剝がれかかっていた。新吾は門を入り、格子戸に手をかけた。だが、鍵がかかっていた。

妻女も出かけているのか。

門を出てから、並びにある八百屋の店先に立った。

「海原啓介先生はどうなさったかご存じですか」

ずんぐりむっくりの亭主にきく。

「さあ、ずっと留守ですね」

「妻女どのも？」

「ええ。ここ何日も、使用人も見てません」

礼を言ってから、新吾は南本所出村町の家に向かった。

海原啓介の妾宅にやって来た。

格子戸に手をかける。戸は開いた。

「ごめん」

新吾は奥に向かって呼びかけた。

うりざね顔の女が出て来た。酒臭かった。

「海原先生はいらっしゃいますか」

新吾はきいた。

「いないわ」

「どこにいるのですか」

「知らない」

「知らない？」

「そうよ。旅に出るって言っていたから」

「旅？　どこへですか」

「言わないわ。逃げたのよ。益次さんや武次さんが捕まった。だからでしょう」

「あなたの兄というひともいっしょですか」

「そうだと思うわ」

「海原啓介とは何者なのですか」

「元直参だとか言っていたわ」

「直参？　長崎に遊学していたというのは？」

「長崎のことにやけに詳しかったけど」

「そうですか」

医学の知識はあまりないようだった。長崎にいたとしても医学を学んだわけではあるまい。

新吾は幻宗の施療院に戻った。

「先生、海原啓介の姿が見当たりません。逃げたようです」

「そうか」

「妾の話では、直参だったそうです。長崎にはいたことがあるそうです」

「いや、あの男は武士ではない」

「ご存じなんですか」

「いや。最近、長崎奉行について行く槍持や挟《はさ》み箱持《ばこも》ちなどの従者が江戸に帰ってから、長崎の知識をひけらかして聞きかじりの医学でもって医者を名乗り、金を稼いでいるという噂を耳にした。海原啓介もその類だろう」

「武士ではなく、中間とか小者とかですか」

「そうだ。いい加減な診察をしても、患者はわからん。病気が治らなければ、重い病だと告げて自分に責任が及ばないようにしている。世間でいう藪医者より、なまじ蘭方医と称して患者を欺《あざむ》いているだけにたちが悪い」

「なんという人間でしょうか。助かる病人を何人も殺しているかもしれません」

新吾は怒りに体が震える思いだった。

「益次たちは、なぜ、そんな男に忠義を尽くしているのでしょうか」

「いや、甚兵衛夫婦殺しがあるから否認しているのだろう。海原啓介に頼まれようが、ひとを殺したことを認めれば死罪は免れぬからな」

「益次たちは牢屋敷送りになったのですね。二、三日中に吟味与力の詮議がはじまります。その際、鉄二の証言がないと、益次たちはますます付け上がり、しらを切り通すのではありませんか」

「うむ」

「やはり、すぐに鉄二の居場所を笹本どのに」

新吾は急《せ》いた。

「いや、だめだ。傷が完治するまでは知らせるわけにはいかぬ」

「でも、町奉行所のもとで治療を行えば……」

「いや、だめだ」

「なぜでございますか」

「わしは鉄二を傷を完治させると同時に真人間にして刑に服させたいのだ。もし、いま捕われたら、心は変わらぬ。悪人のままで終わってしまう」

「お言葉ですが、鉄二が真人間になるとは思えません。いまは怪我のために殊勝な面を見せていますが、怪我が治れば本来の鉄二に戻ると思います。そのことは鉄二自身も自覚しています。それに、鉄二は悪党らしく処刑されることを望んでいるのです」

「くだらん。そんな一生があるか」

幻宗は不機嫌そうに呟いた。

翌日、新吾は岡っ引きの与吉に会った。

「益次たちの詮議はいつからはじまるのですか」

「三日後だと思います」

「いかがですか、益次の様子は」

「いけません。こんなにしたたかな男だとは思いませんでした。砂村新田の廃屋で仲間が殺されたことを逆手にとって、甚兵衛夫婦殺しだって鉄二の仕業に間違いないと言いまくっています」

与吉は口調を変えた。

「野うさぎの鉄二を証人として呼ばない限り、益次と武次を追い詰めることは出来そうもありません。あれから、鉄二の行方は杳《よう》としてわかりません。先生のほうは何か手掛かりでも摑んでいるんじゃありませんかえ」

「それより、蘭方医の海原啓介の行方はわかったのですか」

新吾はあわてて話をそらした。

幻宗の考えを尊重し、鉄二のことを秘密にした。

「いえ。わかりません。捜してはいますが」

「海原啓介について何かわかりましたか」

「海原啓介は一時流行っていた蘭方医です。幻宗先生が施療院を作ってからじり貧になっていたようです」

「海原啓介は素人医者です」

「素人医者？」

「医学の知識がないのにいい加減な治療で患者を騙して金をふんだくっていたようです。そして、益次と武次の雇い主だと思います。鉄二の証言も大事ですが、海原啓介を捕まえたら益次と武次を追い詰めることが出来るかもしれません」

「分かりやした。笹本の旦那に伝えておきます」

翌日、新吾は幻宗の施療院で、三升とともに通いの患者の診察に当たった。海原啓介のところに流れていた患者が戻ってきていて、かなり忙しかった。

この日、幻宗は砂村新田の房右衛門の屋敷に向かった。鉄二の傷口を縫い合わせていた糸を抜きとるためだ。

新吾が最後の患者の診断を終えたあとに幻宗が帰って来た。少し、酒臭かった。

「お酒をお召し上がりですか」

「うむ。房右衛門どのに、どうしてもとな」

おそらく、小名木川にかかる高橋の近くまで船で送ってもらったのであろう。

「鉄二はいかがでしたか」

「想像以上の回復力だ。あのような強靭な肉体がかえって心を蝕《むしば》んだのか」

「先生。いつ鉄二をこちらに？」

「二、三日後だ」

「鉄二は逃げ出さないでしょうか」

新吾の懸念は、その際、ひとに危害を加えないかということだ。鉄二は恩人でさえも平気で裏切りかねない。

「いや、だいじょうぶだ」

幻宗は言い切った。

「わかりました」

それ以上は、踏みこめなかった。


翌日は久し振りに、新吾は朝から養父順庵の施療院で診察をし、夕方になって、上島漠泉の木挽町の屋敷を訪れた。

「ご無沙汰して申し訳ございません」

「忙しそうだったの」

漠泉はいたわるように言う。

「はい。やっと片がつきそうです。ただ、まだ、下手人が罪を認めておりませんので、全面的な解決にはいたっておりませんが」

「だが、幻宗の汚名は雪がれそうなのだな」

「はい。海原啓介という素人医者が裏で糸を引いていたのです。長崎遊学を吹聴して患者を騙す素人医者がいることに驚き、怒りを覚えました」

「うむ。そういう輩がはびこっておる。幻宗はそういう輩を排除しようと、無料の診療を行っているのであろう」

漠泉は幻宗に好意的な物言いをした。

「ただ、幻宗の気持ちもわからぬではないが、施療院を維持するために資金がどこから出ているのか気になる」

「間宮さまは、その資金の出所を土生玄碩さまと見ているようです」

「土生さまは、確かに、莫大な財をなした。だが、他人のためにそこまで金を出すとは思えないのだが」

漠泉は小首を傾げた。

幻宗が土生玄碩の弱みを握っている。その疑いまでは口に出せなかった。

帰りがけ、香保が顔を出した。

「香保どの」

新吾はつい呼びかけた。

「はい」

「いや、その」

言葉に詰まった。いったい、自分は何を言おうとしたのだろうか。

「すっかり片づいたら、また参ります。そのときに……。失礼します」

新吾は逃げるように漢泉の家から立ち去った。

新吾は小舟町の家に帰った。

すぐに義母が飛び出して来た。

「さっき、棚橋三升というひとがお見えになりました。たいそう、あわてていました」

何かあったのだと、新吾ははっとした。

「母上、出かけてきます」

義母の声を背中に聞いて、新吾は家を飛び出した。

永代橋を渡り、常磐町の幻宗の施療院にやって来た。

「三升さん。何があったのですか。まさか」

「はい。鉄二が逃げたと、知らせがありました」

「なんと」

新吾は愕然とした。

「幻宗先生は迎えのひとといっしょに船で出かけました」

房右衛門のところに向かったのだ。

「怪我人は？」

「聞いていません」

「いつ、いなくなったと言っていたのですか」

「夕方、寝間を覗いたら姿が見えなくなっていたそうです。それから、川船が一艘なくなっていたと」

「船……」

あっと、新吾は閃いた。

「三升さん、出かけてきます」

新吾は飛び出した。

佃町に向かって駆ける。お染のところだ。仕返しを実行するためだ。新吾は懸命に走った。

富ヶ岡八幡宮《とみおかはちまん》の参道はすでに人出が少なくなっていた。参道と反対側にある蓬莱橋を渡る。

酔客が目立つ。妖しげな軒行灯の明かりが灯る小体な二階家が並んでいる。その中に、『松野家』があった。

騒ぎは起きていないようだ。二階の障子に映る影からも異変は窺われない。鉄二はまだやって来ていないのか。

新吾は『松野家』の二階が見える暗がりに立った。窓が開いた。お染が顔を覗かせた。背後に立った男の顔は見えなかった。

すぐに障子は閉められた。お染は客をとっている。鉄二はまだなのだ。新吾は深呼吸をした。

それから四半刻後、また二階の障子が開いた。今度はしばらくお染は外を見つめていた。おやっと思った。お染は泣いているように見えた。背後に誰もいないようだ。客は引き上げたのか。しかし、戸口から出て来た人間はない。

お染は障子を閉めた。しばらくして、お染が戸口に出てきた。客引きをするためだ。さっきの客は帰ったのか。

新吾はお染に近づいた。

お染は会釈してから、

「お話があります。上がれますか」

と、きいた。

「ええ」

新吾はお染といっしょに中に入った。お染の客として入るのだ。

二階の部屋に通される。

「さっきまで、ここに鉄二さんがおりました」

「じゃあ、さっきの男は……」

衝撃から呆然とする。

「鉄二さんは裏口から引き上げました」

「どうして、あなたに何もせずに？」

仕返しをしにきたのではなかったのかと、新吾はきいた。

「私もそう思っていました。殺される覚悟もしていました。でも、あのひとは……」

お染は涙ぐんだ。

「なんですか」

「私を殺しに来たんじゃないんです。謝りに来たんです」

「謝り？」

「私の人生を目茶苦茶にしてすまなかったと、畳に額をすりつけて謝ってくれました」

「ほんとうですか」

「はい。町奉行所から牢屋敷に戻る途中に脱走したのは私に仕返しをするためだったそうです。でも、幻宗先生に出会えて自分は変わったと言ってました。俺は獄門になるが、その前におまえに詫びを言っておきたかったと」

「そうですか。鉄二さんが……」

幻宗先生の言うとおりに鉄二は真人間になったのだと、新吾はうれしかった。

「こうも言ってくれました。苦界に放りこんだ俺が言えた義理ではないが、俺の分まで長生きしてくれ。生きてさえいれば、きっといいことがあるからと」

お染は嗚咽《おえつ》を堪《こら》えながら、

「そのひと言で、私の気持ちは晴れました。鉄二さんを許すことが出来ました」

「よかった。鉄二さんは真人間になったんだ」

新吾は思わず叫び声を発したくなった。

翌日の早暁、数寄屋橋《すきやばし》御門にもやがかかっていた。

新吾と幻宗は南町奉行所の脇に立っていた。ゆうべ、お染の話を伝えたところ、幻宗は大きく頷いた。

そして、今朝ここに来るよう、新吾に告げたのだ。

月番《かちばん》の南町奉行所の門が明六つ（午前六時）に開いた。町奉行所の人間は脇の小門から出入りをする。

人影が近づいてくるたびに、新吾は目を凝らし、そして落胆の溜め息をつく。だが、新たに数寄屋橋御門のほうからゆっくりとした足取りで近づいてくる男を見たとき、全身が感動で打ち震えた。

鉄二が腹を押さえながら休み休みやって来た。動き回ったので、また傷が疼《うず》きだしたようだ。

鉄二は立ちどまった。幻宗と新吾に気づいたのだ。

再び、歩きだし、こっちに近寄って来た。

「よく、ここがわかりましたね」

鉄二は笑みを浮かべた。

「無茶しおって。わしは動いていいと許可した覚えはない」

幻宗が叱った。

「すみません。でも、あっしが出頭しなきゃ、益次たちが逃げ果《おお》せてしまうかもしれませんのでね」

「お染さん、喜んでいました。あなたを許せると」

新吾は声を弾ませて言った。

「へえ。これで、あっしも思い残すことはありません。これも、先生のおかげです。あっしが真人間になれたかどうかはわかりませんが、罪を悔い、この手で殺めたひとたちにあの世に行って詫びようと思います」

「もう、立派な真人間だ。わしが見込んだとおりの男だった」

「ありがたいお言葉です。真人間になれたとは思いませんが、どうやら、いまはとてもすがすがしい気持ちで死んで行くことが出来そうです」

「うむ」

幻宗が辛そうな表情で頷く。

「お世話になりながら何のお返しもできませんが、益次たちの悪事だけはちゃんと暴いてきます」

「頼んだ」

「じゃあ、これで」

鉄二は町奉行所の門番に近づいた。門番が驚愕し、やがて町奉行所内が大騒ぎになったのを、新吾は感慨深く眺めていた。

本作品は書き下ろしです。

双葉文庫

こ-02-17

蘭方医《らんぽうい》・宇津木新吾《うつぎしんご》

潜伏《せんぷく》

2015年 1月18日　第1刷発行
2021年11月26日　第2刷発行

【著者】
小杉健治《こすぎけんじ》

【発行者】
箕浦克史
【発行所】
株式会社双葉社
〒162-8540 東京都新宿区東五軒町3番28号
［電話］03-5261-4818（営業部）　03-5261-4840（編集部）
www.futabasha.co.jp（双葉社の書籍・コミックが買えます）
【印刷所】
大日本印刷株式会社
【製本所】
大日本印刷株式会社
【カバー印刷】
株式会社久栄社
【DTP】
株式会社ビーワークス

【フォーマット・デザイン】
日下潤一

落丁・乱丁の場合は送料双葉社負担でお取り替えいたします。「製作部」宛にお送りください。ただし、古書店で購入したものについてはお取り替えできません。［電話］03-5261-4822（製作部）

ISBN978-4-575-66709-7 C0193
Printed in Japan

父と子の旅路

小杉健治

青年弁護士・祐介のもとに、彼の両親を殺害した死刑囚の再審という依頼が来た……。感動の法廷ミステリー。

本体六四八円＋税

検事・沢木正夫　公訴取消し

小杉健治

沢木検事は、被疑者の些細な言動に疑問を持ち、事件の洗い直しを始める。「検事・沢木正夫シリーズ」第一弾！

本体六八六円＋税

検事・沢木正夫　第三の容疑者

小杉健治

殺人事件の公判中、被告の支援者が別の殺人事件容疑者に!!「検事・沢木正夫シリーズ」第二弾！

本体六六七円＋税

検事・沢木正夫　共犯者

小杉健治

実行犯を操る男は、なぜ完璧なアリバイづくりを放棄したのか⁉「検事・沢木正夫シリーズ」第三弾！

本体六五七円＋税

検事・沢木正夫　宿　命

小杉健治

容疑者女性がひた隠す秘密。それは沢木の運命をも変えるものだった！「検事・沢木正夫シリーズ」第四弾！

本体六五七円＋税

蘭方医・宇津木新吾　誤　診

小杉健治

長崎遊学から戻ってきた宇津木新吾は、村松幻宗の施術と患者に対する姿勢に衝撃を受ける。シリーズ第一弾！

本体六六七円＋税

日本推理作家協会賞受賞作全集57 絆　小杉健治

「夫殺し」の罪状で裁かれる被告。原島弁護士によって、法廷で真実が明らかにされてゆく。家族とは、絆とは？

本体六四八円＋税

本所奉行捕物必帖　浪人街無情　小杉健治

不平不満を抱えた浪人たちが集まる無法地帯「本所魔界地」。兄の遺志を継ぎ、秀次郎は密偵として潜りこんだ。

本体六二九円＋税

家　族　小杉健治

ホームレスの男が認知症の老女殺害で起訴された。裁判員のみな子は、老女の息子による嘱託殺人との疑念を抱く。

本体六四八円＋税